纯

LIVE LIKE
A CHILD

活着这回事
本来是如此单纯

周作人——著

中国出版集团
现代出版社

我们看夕阳，看秋河，看花，听雨，闻香，喝不求解渴的酒，吃不求饱的点心，都是生活上必要的——虽然是无用的装点，而且是愈精炼愈好。

最好是闲静地招呼那熹微的晨光，
不必忙乱地奔向前去，
也不要对于落日忘记感谢那曾为
晨光之垂死的光明。

我只希望，祈祷，我的心境不要再粗糙下去，荒芜下去……

生活不是很容易的事。
动物那样的，自然地简易地生活，
是其一法；
把生活当作一种艺术，
微妙地美地生活，
又是一法。
生活之艺术，
其方法只在于微妙地混和取与舍
二者而已。

不知爱曾旅行到什么地方，他带这个回来，
——这最甜美的意义的话：两个生命作成一人，看似一个。

信仰与梦，恋爱与死，
也都是上好的麻醉。
能够相信宗教或主义，
能够作梦，
乃是不可多得的幸福的性质。

喝茶当于瓦屋纸窗之下，
清泉绿茶，
用素雅的陶瓷茶具，
同二三人共饮，
得半日之闲，
可抵十年的尘梦。

正经的人们只把一件事当作正经生活，
其余的如不是不得已的坏癖气也总是
可有可无的附属物罢了。

目录

无用的美好

我们看夕阳，看秋河，看花，听雨，闻香，喝不求解渴的酒，吃不求饱的点心，都是生活上必要的——虽然是无用的装点，而且是愈精炼愈好。

丰富的单纯

我只希望，祈祷，我的心境不要再粗糙下去，荒芜下去……

生命本来的样子

最好是闲静地招呼那熹微的晨光，不必忙乱地奔向前去，也不要对于落日忘记感谢那曾为晨光之垂死的光明。

活出本我

百余年前日本有一个艺术家是精通茶道的，有一回去旅行，每到驿站必取出茶具，悠然的点起茶来自喝。有人规劝他说，行旅中何必如此，他答得好："行旅中难道不是生活么？"这样想的人才真能尊重并享乐他的生活。

生命本来的样子

最好是闲静地招呼那熹微的晨光，不必忙乱地奔向前去，也不要对于落日忘记感谢那曾为晨光之垂死的光明。

活出本我

百余年前日本有一个艺术家是精通茶道的，有一回去旅行，每到驿站必取出茶具，悠然的点起茶来自喝。有人规劝他说，行旅中何必如此，他答得好：“行旅中难道不是生活么？”这样想的人才真能尊重并享乐他的生活。

生活的艺术

生活不是很容易的事。动物那样的，自然地简易地生活，是其一法；把生活当作一种艺术，微妙地美地生活，又是一法。生活之艺术，其方法只在于微妙地混和取与舍二者而已。

无用的美好

我们看夕阳，看秋河，看花，听雨，闻香，喝不求解渴的酒，吃不求饱的点心，都是生活上必要的——虽然是无用的装点，而且是愈精炼愈好。

喝茶

喝茶当于瓦屋纸窗之下，清泉绿茶，用素雅的陶瓷茶具，同二三人共饮，得半日之闲，可抵十年的尘梦。

前回徐志摩先生在平民中学讲“吃茶”，——并不是胡适之先生所说的“吃讲茶”，——我没有工夫去听，又可惜没有见到他精心结构的讲稿，但我推想他是在讲日本的“茶道”（英文译作 Teaism），而且一定说的很好，茶道的意思，用平凡的话来说，可以称作“忙里偷闲，苦中作乐”，在不完全的现世享乐一点美与和谐，在刹那间体会永久，是日本之“象征的文化”里的一种代表艺术。关于这一件事，徐先生一定已有透彻巧妙的解说，不必再来多嘴，我现在所想说的，只是我个人的很平常的喝茶罢了。

喝茶以绿茶为正宗。红茶已经没有什么意味，何况又加糖——与牛奶？葛辛（George Gissing）的《草堂随笔》（Private Papers of Henry Ryecroft）确是很有趣味的书，但冬之卷里说及饮茶，以为英国家庭里下午的红茶与黄油面包是一日中最大的乐事，支那饮茶已历千百年，未必能领略此种乐趣与实益的万分之一，则我殊不以为然。

红茶带“土斯”未始不可吃，但这只是当饭，在肚饥时食之而已；我的所谓喝茶，却是在喝清茶，在赏鉴其色与香与味，意未必在止渴，自然更不在果腹了。中国古昔曾吃过煎茶及抹茶，现在所用的都是泡茶，冈仓觉三在《茶之书》（Book of Tea，1919）里很巧妙的称之曰“自然主义的茶”，所以我们所重的即在这自然之妙味。

中国人上茶馆去，左一碗右一碗的喝了半天，好像是刚从沙漠里回来的样子，颇合于我的喝茶的意思，（听说闽粤有所谓吃工夫茶者自然也有道理，）只可惜近来太是洋场化，失了本意，其结果成为饭馆子之流，只在乡村间还保存一点古风，唯是屋宇器具简陋万分，或者但可称为颇有喝茶之意，而未可许为已得喝茶之道也。

喝茶当于瓦屋纸窗之下，清泉绿茶，用素雅的陶瓷茶具，同二三人共饮，得半日之闲，可抵十年的尘梦。

喝茶之后，再去继续修各人的胜业，无论为名为利，都无不可，但偶然的片刻优游乃正亦断不可少。

中国喝茶时多吃瓜子，我觉得不很适宜；喝茶时可吃的东西应当是轻淡的“茶食”。

中国的茶食却变了“满汉饽饽”，其性质与“阿阿兜”相差无几，不是喝茶时所吃的东西了。日本的点心虽是豆米的成品，但那优雅的形色，朴素的味道，很合于茶食的资格，如各色的“羊羹”，（据上田恭辅氏考据，说是出于中国唐时的羊肝饼，）尤有特殊的风味。

江南茶馆中有一种“干丝”，用豆腐干切成细丝，加姜丝酱油，重汤炖热，上浇麻油，出以供客，其利益为“堂倌”所独有。豆腐干中本有一种“茶干”，今变而为丝，亦颇与茶相宜。在南京时常食此品，据云有某寺方丈所制为最，虽也曾尝试，却已忘记，所记得者乃只是下关的江天阁而已。学生们的习惯，平常“干丝”既出，大抵不即食，等到麻油再加，开水重换之后，始行举箸，最为合适，因为一到即罄，次碗继至，不遑应酬，否则麻油三浇，旋即撤去，怒形于色，未免使客不欢而散，茶意都消了。

吾乡昌安门外有一处地方，名三脚桥（实在并无三脚，乃是三出，因以一桥而跨三汊的河上也），其地有豆腐店曰周德和者，制茶干最有名。寻常的豆腐干方约寸半，厚三分，值钱二文，周德和的价值相同，小而且薄，几及一半，黝黑坚实，如紫檀片。我家距三脚桥有步行两小时的路程，故殊不易得，但能吃到油炸者而已。每天有人挑担设炉镬，沿街叫卖，其词曰：

“辣酱辣，

麻油炸，
红酱搽，辣酱拓：
周德和格五香油炸豆腐干。”

其制法如上所述，以竹丝插其末端，每枚值三文。豆腐干大小如周德和，而甚柔软，大约系常品，唯经过这样烹调，虽然不是茶食之一，却也不失为一种好豆食。——豆腐的确也是极好的佳妙的食品，可以有种种的变化，唯在西洋不会被领解，正如茶一般。

日本用茶淘饭，名曰“茶渍”，以腌菜及“泽庵”（即福建的黄土萝卜，日本泽庵法师始传此法，盖从中国传去）等为佐，很有清淡而甘香的风味。中国人未尝不这样吃，唯其原因，非由穷困即为节省，殆少有故意往清茶淡饭中寻其固有之味者，此所以为可惜也。

十三年十二月
（1924年12月29日刊）

谈酒

醉了，困倦了，或者应当休息一会儿，也是很安舒的，却未必能说酒的真趣是在此间。

这个年头儿，喝酒倒是很有意思的。我虽是京兆人，却生长在东南的海边，是出产酒的有名地方。我的舅父和姑父家里时常做几缸自用的酒，但我终于不知道酒是怎么做法，只觉得所用的大约是糯米，因为儿歌里说，“老酒糯米做，吃得变 nionio”——末一字是本地叫猪的俗语。做酒的方法与器具似乎都很简单，只有煮的时候的手法极不容易，非有经验的工人不办。

平常做酒的人家大抵聘请一个人来，俗称“酒头工”，以自己不能喝酒者为最上，叫他专管鉴定煮酒的时节。有一个远房亲戚，我们叫他“七斤公公”，——他是我舅父的族叔，但是在他家里做短工，所以舅母只叫他作“七斤老”，有时也听见她叫“老七斤”，是这样的酒头工，每年去帮人家做酒；他喜吸旱烟，说玩话，打马将，但是不大喝酒，（海边的人喝一两碗是不算能喝，照市价计算也不值十文钱的酒，）所以生意很好，时常跑一二百里路被招到诸暨嵊县去。据他说这实在并不难，只须走到缸边屈着身听。听见里边起泡的声音切切察察的，好像是蟛蟹吐沫（儿童称为蟹煮饭）的样子，便拿来煮就得了；早一点酒还未成，迟一点就变酸了。但是怎么是恰好的时期，别人仍不能知道，只有听熟的耳朵才能够断定，正如古董家的眼睛辨别古物一样。

大人家饮酒多用酒盅，以表示其斯文，实在是不对的。正当的喝法是用一种酒碗，浅而大，底有高足，可以说是古已有之的香槟杯。平常起码总是两碗，合一“串筒”，价值似是六文一碗，串筒略如倒写的凸字，上下部如一与三之比，以洋铁为之，无盖无嘴，可倒而不可筛，据好酒家说酒以倒为正宗，筛出来的不大好吃。唯酒保好于量酒之前先“荡”（置水于器内，摇荡而洗涤之谓）串筒，荡后往往将清水之一部分留在筒内，客嫌酒淡，常起争执，故喝酒老手必先戒堂馆以勿荡串筒，并监视其量好放在温酒架上。

能饮者多索竹叶青，通称曰“本色”，“元红”系状元红之略，则着色者，唯外行人喜饮之。在外省有所谓花雕者，唯本地酒店中却没有这样东西。相传昔时人家生女，则酿酒贮花雕（一种有花纹的酒坛）中，至女儿出嫁时用以饷客，但此风今已不存，嫁女时偶用花雕，也只临时买元红充数，饮者不以为珍品。有些喝酒的人预备家酿，却有极好的，每年做醇酒若干坛，按次第埋园中，二十年后掘取，即每岁皆得饮二十年陈的老酒了。此种陈酒例不发售，故无处可买，我只有一回在旧日业师家里喝过这样好酒，至今还不曾忘记。

我既是酒乡的一个土著，又这样的喜欢谈酒，好像一定是个与“三酉”结不解缘的酒徒了。其实却大不然。我的父亲是很能喝酒的，我不知道他可以喝多少，只记得他每晚用花生米水果等下酒，且喝且谈天，至少要花费两点钟，恐怕所喝的酒一定很不少了。但我却是不肖，不，或者可以说有志未逮，因为我很喜欢喝酒而不会喝，所以每逢酒宴我总是第一个醉与脸红的。自从辛酉患病后，医生叫我喝酒以代药饵，定量是勃阑地每回二十格阑姆，蒲桃酒与老酒等倍之，六年以后酒量一点没有进步，到现在只要喝下一百格阑姆的花雕，便立刻变成关夫子了。（以前大家笑谈称作“赤化”，此刻自然应当谨慎，虽然是说笑话。）有些有不醉之量的，愈饮愈是脸白的朋友，我觉得非常可以欣羡，只可惜他们愈能喝酒便愈不肯喝酒，好像是美人之不肯显示她的颜色，这实在是太不应该了。

黄酒比较的便宜一点，所以觉得时常可以买喝，其实别的酒也未尝不好，白干于我未免过凶一点，我喝了常怕口腔内要起泡，山西的汾酒与北京的莲花白虽然可喝少许，也总觉得不很和善。日本的清酒我颇喜欢，只是仿佛新酒模样，味道不很静定。蒲桃酒与橙皮酒都很可口，但我以为最好的还是勃阑地。我觉得西洋人不很能够了解茶的趣味，至于酒则很有工夫，决不下于中国。天天喝洋酒当然是一个大的漏卮，正如吸烟卷一般，但不必一定进国货党，咬定牙根要抽净丝，随便喝一点什么酒其实都是无所不可的，至少是我个人这样的想。

喝酒的趣味在什么地方？这个我恐怕有点说不明白。有人说，酒的乐趣是在醉后的陶然的境界。但我不很了解这个境界是怎样的，因为我自饮酒以来似乎不大陶然过，不知怎的我的醉大抵都只是生理的，而不是精神的陶醉。所以照我说来，酒的趣味只是在饮的时候，我想悦乐大抵在做的这一刹那，倘若说是陶然那也当是杯在口的一刻罢。醉了，困倦了，或者应当休息一会儿，也是很安舒的，却未必能说酒的真趣是在此间。昏迷，梦魇，呓语，或是忘却现世忧患之一法门；其实这也是有限的，倒还不如把宇宙性命都投在一口美酒里的耽溺之力还要强大。我喝着酒，一面也怀着“杞天之虑”，生恐强硬的礼教反动之后将引起颓废的风气，结果是借醇酒妇人以避礼教的迫害，沙宁（Sanin）时代的出现不是不可能的。但是，或者在中国什么运动都未必彻底成功，青年的反拨力也未必怎么强盛，那么杞天终于只是杞天，仍旧能够让我们喝一口非耽溺的酒也未可知。倘若如此，那时喝酒又一定另外觉得很有意思了罢？

民国十五年六月二十日，于北京
（1926 年 6 月 28 日刊）

故乡的野菜

妇女小儿各拿一把剪刀一只“苗篮”，蹲在地上搜寻，是一种有趣味的游戏的工作。

我的故乡不止一个，凡我住过的地方都是故乡。故乡对于我并没有什么特别的情分，只因钓于斯游于斯的关系，朝夕会面，遂成相识，正如乡村里的邻舍一样，虽然不是亲属，别后有时也要想念到他。我在浙东住过十几年，南京东京都住过六年，这都是我的故乡；现在住在北京，于是北京就成了我的家乡了。

日前我的妻往西单市场买菜回来，说起有荠菜在那里卖着，我便想起浙东的事来。荠菜是浙东人春天常吃的野菜，乡间不必说，就是城里只要有后园的人家都可以随时采食，妇女小儿各拿一把剪刀一只“苗篮”，蹲在地上搜寻，是一种有趣味的游戏的工作。那时小孩们唱道，“荠菜马兰头，姊姊嫁在后门头。”后来马兰头有乡人拿来进城售卖了，但荠菜还是一种野菜，须得自家去采。

关于荠菜向来颇有风雅的传说，不过这似乎以吴地为主。《西湖游览志》云："三月三日男女皆戴荠菜花。谚云，三春戴荠花，桃李羞繁华。"顾禄的《清嘉录》上亦说："荠菜花俗呼野菜花，因谚有三月三蚂蚁上灶山之语，三日人家皆以野菜花置灶陉上，以厌虫蚁。侵晨村童叫卖不绝。或妇女簪髻上以祈清目，俗号眼亮花。"但浙东却不很理会这些事情，只是挑来做菜或炒年糕吃罢了。

黄花麦果通称鼠麹草，系菊科植物，叶小，微圆互生，表面有白毛，花黄色，簇生梢头。春天采嫩叶，捣烂去汁，和粉作糕，称黄花麦果糕。小孩们有歌赞美之云：

"黄花麦果韧结结，

关得大门自要吃：

半块拿弗出，一块自要吃。"

清明前后扫墓时，有些人家——大约是保存古风的人家——用黄花麦果作供，但不作饼状，做成小颗如指顶大，或细条如小指，以五六个作一攒，名曰茧果，不知是什么意思，或因蚕上山时设祭，也用这种食品，故有是称，亦未可知。自从十二三岁时外出不参与外祖家扫墓以后，不复见过茧果，近来住在北京，也不再见黄花麦果的影子了。

日本称作“御形”，与荠菜同为春的七草之一，也采来做点心用，状如艾饺，名曰“草饼”，春分前后多食之，在北京也有，但是吃去总是日本风味，不复是儿时的黄花麦果糕了。

扫墓时候所常吃的还有一种野菜，俗名草紫，通称紫云英。农人在收获后，播种田内，用作肥料，是一种很被贱视的植物，但采取嫩茎瀹食，味颇鲜美，似豌豆苗。花紫红色，数十亩接连不断，一片锦绣，如铺着华美的地毯，非常好看，而且花朵状若蝴蝶，又如鸡雏，尤为小孩所喜。间有白色的花，相传可以治痢，很是珍重，但不易得。日本《俳句大辞典》云：“此草与蒲公英同是习见的东西，从幼年时代便已熟识，在女人里边，不曾采过紫云英的人，恐未必有罢。”

中国古来没有花环，但紫云英的花球却是小孩常玩的东西，这一层我还替那些小人们欣幸的。浙东扫墓用鼓吹，所以少年常随了乐音去看“上坟船里的姣姣”；没有钱的人家虽没有鼓吹，但是船头上篷窗下总露出些紫云英和杜鹃的花束，这也就是上坟船的确实的证据了。

十三年二月

（1924 年 4 月 5 日刊）

北京的茶食

我们看夕阳，看秋河，看花，听雨，闻香，喝不求解渴的酒，吃不求饱的点心，都是生活上必要的。

在东安市场的旧书摊上买到一本日本文章家五十岚力的《我的书翰》，中间说起东京的茶食店的点心都不好吃了，只有几家如上野山下[1]的空也[2]还做得好点心，吃起来馅和糖及果实浑然融合，在舌头上分不出各自的味来。想起德川时代江户的二百五十年的繁华，当然有这一种享乐的流风余韵留传到今日，虽然比起京都来自然有点不及。北京建都已有五百余年之久，论理于衣食住方面应有多少精微的造就，但实际似乎并不如此，即以茶食而论，就不曾知道什么特殊的有滋味的东西。固然我们对于北京情形不甚熟悉，只是随便撞进一家饽饽铺里去买一点来吃，但是就撞过的经验来说，总没有很好吃的点心买到过。难道

[1] 上野山下即上野山した（Ueno Yamashita），位于现在东京上野公园（Ueno Park）上野山的东侧区域。歌川广重曾绘《江户百景》，《上野山下》即为其一。

[2]空也，该店名“空也もなか”，1884年创办于上野池之端，后移至银座，至今仍在营业。

北京竟是没有好的茶食，还是有而我们不知道呢？这也未必全是为贪口腹之欲，总觉得住在古老的京城里吃不到包含历史的精炼的或颓废的点心是一个很大的缺陷。北京的朋友们，能够告诉我两三家做得上好点心的饽饽铺么？

我对于二十世纪的中国货色，有点不大喜欢，粗恶的模仿品，美其名曰国货，要卖得比外国货更贵些。新房子里卖的东西，便不免都有点怀疑，虽然这样说好像遗老的口吻，但总之关于风流享乐的事我是颇迷信传统的。

我在西四牌楼以南走过，望着异馥斋的丈许高的独木招牌，不禁神往，因为这不但表示他是义和团以前的老店，那模糊阴暗的字迹又引起我一种焚香静坐的安闲而丰腴的生活的幻想。我不曾焚过什么香，却对于这件事很有趣味，然而终于不敢进香店去，因为怕他们在香盒上已放着花露水与日光皂了。

我们于日用必需的东西以外，必须还有一点无用的游戏与享乐，生活才觉得有意思。我们看夕阳，看秋河，看花，听雨，闻香，喝不求解渴的酒，吃不求饱的点心，都是生活上必要的——虽然是无用的装点，而且是愈精炼愈好。

可怜现在的中国生活，却是极端地干燥粗鄙，别的不说，我在北京彷徨了十年，终未曾吃到好点心。

十三年二月

（1924 年 3 月 18 日刊）

南北的点心

中国南北两路的点心，根本性质上有一个很大的区别，简单的下一句断语，北方的点心是常食的性质，南方的则是闲食。

中国地大物博，风俗与土产随地各有不同，因为一直缺少人纪录，有许多值得也是应该知道的事物，我们至今不能知道清楚，特别是关于衣食住的事项。我这里只就点心这个题目，依据浅陋所知，来说几句话，希望抛砖引玉，有旅行既广，游历又多的同志们，从各方面来报道出来，对于爱乡爱国的教育，或者也不无小补吧。

我是浙江东部人，可是在北京住了将近四十年，因此南腔北调，对于南北情形都知道一点，却没有深厚的了解。据我的观察来说，中国南北两路的点心，根本性质上有一个很大的区别，简单的下一句断语，北方的点心是常食的性质，南方的则是闲食。我们只看北京人家做饺子馄饨面总是十分茁实，馅决不考究；面用芝麻酱拌，最好也只是炸酱；馒头全是实心。本来是代饭用的，只要吃饱就好，所以并不求精。

若是回过来走到东安市场，往五芳斋去叫了来吃，尽管是同样名称，做法便大不一样，别说蟹黄包子，鸡肉馄饨，就是一碗三鲜汤面，也是精细鲜美的，可是有一层，这决不可能吃饱当饭，一则因为价钱比较贵，二则昔时无此习惯。抗战[1]以后上海也有阳春面，可以当饭了，但那是新时代的产物，在老辈看来，是不大可以为训的。

我母亲如果在世，已有一百岁了，她生前便是绝对不承认点心可以当饭的，有时生点小毛病，不喜吃大米饭，随叫家里做点馄饨或面来充饥，即使一天里仍然吃过三回，她却总说今天胃口不开，因为吃不下饭去，因此可以证明那馄饨和面都不能算是饭。这种论断，虽然有点儿近于武断，但也可以说是有客观的佐证，因为南方的点心是闲食，做法也是趋于精细鲜美，不取茁实一路的。上文五芳斋固然是很好的例子，我还可以再举出南方做烙饼的方法来，更为具体，也有意思。

我们故乡是在钱塘江的东岸，那里不常吃面食，可是有烙饼这物事。这里要注意的，是烙不读作老字音，乃是“洛”字入声，又名为山东饼，这证明原来是模仿大饼而作的，但是烙法却大不相同了。乡间卖馄饨面和馒头都分

[1] 指抗日战争。

别有专门的店铺，唯独这烙饼只有摊，而且也不是每天都有，这要等待那里有社戏，才有几个摆在戏台附近，供看戏的人买吃，价格是每个制钱三文，计油条价二文，葱酱和饼只要一文罢了。做法是先将原本两折的油条扯开，改作三折，在熬盘上烤焦，同时在预先做好的直径约二寸，厚约一分的圆饼上，满搽红酱和辣酱，撒上葱花，卷在油条外面，再烤一下，就做成了。它的特色是油条加葱酱烤过，香辣好吃，那所谓饼只是包裹油条的东西，乃是客而非主，拿来与北方原来的大饼相比，厚大如茶盘，卷上黄酱大葱，大嚼一张，可供一饱，这里便显出很大的不同来了。

上边所说的点心偏于面食一方面，这在北方本来不算是闲食吧。此外还有一类干点心，北京称为饽饽，这才当作闲食，大概与南方则无什么差别。但是这里也有一点不同，据我的考察，北方的点心历史古，南方的历史新，古者可能还有唐宋遗制，新的只是明朝中叶吧。点心铺招牌上有常用的两句话，我想借来用在这里，似乎也还适当，北方可以称为“官礼茶食”，南方则是“嘉湖细点”。

我们这里且来作一点烦琐的考证，可以多少明白这时代的先后。查清顾张思的《土风录》卷六，“点心”条下云：“小食曰点心，见吴曾《漫录》。唐郑傪为江淮留后，家人备夫人晨馔，夫人谓其弟曰：‘治妆未毕，我未及餐，尔且可点心。’俄而女仆请备夫人点心，傪诟曰：‘适已点心，今何得又请！’”由此可知点心古时即是晨馔。同书又引周辉《北辕录》云："洗漱冠栉毕，点心已至。"后文说明点心中馒头馄饨包子等，可知是说的水点心，在唐朝已有此名了。

茶食一名，据《土风录》云："干点心曰茶食，见宇文懋昭《金志》：'婿先期拜门，以酒馔往，酒三行，进大软脂小软脂，如中国寒具，又进蜜糕，人各一盘，曰茶食。'《北辕录》云：金国宴南使，未行酒，先设茶筵，进茶一盏，谓之茶食。"茶食是喝茶时所吃的，与小食不同，大软脂，大抵有如蜜麻花，蜜糕则明系蜜饯之类了。从文献上看来，点心与茶食两者原有区别，性质也就不同，但是后来早已混同了，本文中也就混用，那招牌上的话也只是利用现代文句，茶食与细点作同意语看，用不着再分析了。

我初到北京来的时候，随便在饽饽铺买点东西吃，觉得不大满意，曾经埋怨过这个古都市，积聚了千年以上的文化历史，怎么没有做出些好吃的点心来。老实说，北京的大八件小八件，尽管名称不同，吃起来不免单调，正和五芳斋的前例一样，东安市场内的稻香春所做南式茶食，并不齐备，但比起来也显得花样要多些了。

过去时代，皇帝向在京里，他的享受当然是很豪华的，却也并不曾创造出什么来，北海公园内旧有"仿膳"，是前清膳房的做法，所做小点心，看来也是平常，只是做得小巧一点而已。南方茶食中有些东西，是小时候熟悉的，在北京都没有，也就感觉不满足，例如糖类的酥糖、麻片糖、寸金糖，片类的云片糕、椒桃片、松仁片，软糕类的松子糕、枣子糕、蜜仁糕、桔红糕等。此外有缠类，如松仁缠、核桃缠，乃是在干果上包糖，算是上品茶食，其实倒并不怎么好吃。

南北点心粗细不同，我早已注意到了，但这是怎么一个系统，为什么有这差异？那我也没有法子去查考，因为孤陋寡闻，而且关于点心的文献，实在也不知道有什么书籍。但是事有凑巧，不记得是哪一年，或者什么原因了，总之见到几件北京的旧式点心，平常不大碰见，样式有点别致的，这使我忽然大悟，心想这岂不是在故乡见惯的“官礼茶食”么？

故乡旧式结婚后，照例要给亲戚本家分“喜果”，一种是干果，计核桃、枣子、松子、榛子，讲究的加荔枝、桂圆。又一种是干点心，记不清它的名字。查范寅《越谚》饮食门下，记有金枣和珑缠豆两种，此外我还记得有佛手酥、菊花酥和蛋黄酥等三种。这种东西，平时不易销，店铺里也不常备，要结婚人家订购才有，样子虽然不差，但材料不大考究，即使是可以吃得的佛手酥，也总不及红绫饼或梁湖月饼，所以喜果送来，只供小孩们胡乱吃一阵，大人是不去染指的。可是这类喜果却大抵与北京的一样，而且结婚时节非得使用不可。云片糕等虽是比较要好，却是决不使用的。这是什么理由？

这一类点心是中国旧有的，历代相承，使用于结婚仪式。一方面时势转变，点心上发生了新品种，然而一切仪式都是守旧的，不轻易容许改变，因此即使是送人的喜果，也有一定的规矩，要定做现今市上不通行了的物品来使用。同是一类茶食，在甲地尚在通行，在乙地已出了新的品种，只留着用于“官礼”，这便是南北点心情形不同的缘因了。

上文只说得“官礼茶食”，是旧式的点心，至今流传于北方。至于南方点心的来源，那还得另行说明。“嘉湖细点”这四个字，本是招牌和仿单上的口头禅，现在正好借用过来，说明细点的来源。因为据我的了解，那时期当为前明中叶，而地点则是东吴西浙，嘉兴湖州正是代表地方。我没有文书上的资料，来证明那时吴中饮食丰盛奢华的情形，但以近代苏州饮食风靡南方的事情来作比，这里有点类似。

明朝自永乐以来，政府虽是设在北京，但文化中心一直还是在江南一带。那里官绅富豪生活奢侈，茶食一类就发达起来。就是水点心，在北方作为常食的，也改作得特别精美，成为以赏味为目的的闲食了。这南北两样的区别，在点心上存在得很久，这里固然有风俗习惯的关系，一时不易改变；但在“百花齐放”的今日，这至少该得有一种进展了吧。其实这区别不在于质而只是量的问题，换一句话即是做法的一点不同而已。我们前面说过，家庭的鸡蛋炸酱面与五芳斋的三鲜汤面，固然是一例。此外则有大块粗制的窝窝头，与“仿膳”的一碟十个的小窝窝头，也正是一样的变化。

北京市上有一种爱窝窝，以江米煮饭捣烂（即是糍粑）为皮，中裹糖馅，如元宵大小。李光庭在《乡言解颐》中说明它的起源云：相传明世中宫有嗜之者，因名曰御爱窝窝，今但曰爱而已。这里便是一个例证，在明清两朝里，窝窝头一件食品，便发生了两个变化了。本来常食闲食，都有一定习惯，不易轻轻更变，在各处都一样是闲食的干点心则无妨改良一点做法，做得比较精美，在人民生活水平日益提高的现在，这也未始不是切合实际的事情吧。国内各地方，都富有不少有特色的点心，就只因为地域所限，外边人不能知道，我希望将来不但有人多多报道，而且还同土产果品一样，陆续输到外边来，增加人民的口福。

（1956 年 7 月 27 日作）

结缘豆

煮豆微撒以盐而给人吃之，岂必要索厚偿，来生以百豆报我，但只愿有此微末情分，相见时好生看待，不至伥伥来去耳。

范寅《越谚》卷中风俗门云：

“结缘，各寺庙佛生日散钱与丐，送饼与人，名此。”

敦崇《燕京岁时记》有“舍缘豆”一条云：

“四月八日，都人之好善者取青黄豆数升，宣佛号而拈之，拈毕煮熟，散之市人，谓之舍缘豆，预结来世缘也。谨按《日下旧闻考》，京师僧人念佛号者辄以豆记其数，至四月八日佛诞生之辰，煮豆微撒以盐，邀人于路请食之以为结缘，今尚沿其旧也。”刘玉书《常谈》卷一云：

“都南北多名刹，春夏之交，士女云集，寺僧之青头白面而年少者着鲜衣华履，托朱漆盘，贮五色香花豆，蹀蹬于妇女襟袖之间以献之，名曰结缘，妇女亦多嬉取者。适一僧至少妇前奉之甚殷，妇慨然大言曰，良家妇不愿与寺僧结缘。左右皆失笑，群妇赧然缩手而退。”

就上边所引的话看来，这结缘的风俗在南北都有，虽然情形略有不同。小时候在会稽家中常吃到很小的小烧饼，说是结缘分来的，范啸风所说的饼就是这个。这种小烧饼与“洞里火烧”的烧饼不同，大约直径一寸高约五分，馅用椒盐，以小皋步的为最有名，平常二文钱一个，底有两个窟窿，结缘用的只有一孔，还要小得多，恐怕还不到一文钱吧。北京用豆，再加上念佛，觉得很有意思，不过二十年来不曾见过有人拿了盐煮豆沿路邀吃，也不听说浴佛日寺庙中有此种情事，或者现已废止亦未可知，至于小烧饼如何，则我因离乡里已久不能知道，据我推想或尚在分送，盖主其事者多系老太婆们，而老太婆者乃是天下之最有闲而富于保守性者也。

结缘的意义何在？大约是从佛教进来以后，中国人很看重缘，有时候还至于说得很有点神秘，几乎近于命数。如俗语云，有缘千里来相会，无缘对面不相逢，又小说中狐鬼往来，末了必云缘尽矣，乃去。敦礼臣所云预结来世缘，即是此意。其实说得浅淡一点，或更有意思，例如唐伯虎之三笑，才是很好的缘，不必于冥冥中去找红绳缚脚也。我很喜欢佛教里的两个字，曰业曰缘，觉得颇能说明人世间的许多事情，仿佛与遗传及环境相似，却更带一点儿诗意。

日本无名氏诗句云：

“虫呵虫呵，难道你叫着，业便会尽了么？”

这业的观念太是冷而且沉重，我平常笑禅宗和尚那么超脱，却还挂念腊月二十八，觉得生死事大也不必那么操心，可是听见知了在树上喳喳地叫，不禁心里发沉，真感得这件事恐怕非是涅槃是没有救的了。缘的意思便比较的温和得多，虽不是三笑那么圆满也总是有人情的，即使如库普林在《晚间的来客》所说，偶然在路上看见一双黑眼睛，以至梦想颠倒，究竟逃不出是春叫猫儿猫叫春的圈套，却也还好玩些。此所以人家虽怕造业而不惜作缘欤？若结缘者又买烧饼煮黄豆，逢人便邀，则更十分积极矣，我觉得很有兴趣者盖以此故也。

为什么这样的要结缘的呢？我想，这或者由于不安于孤寂的缘故吧。富贵子嗣是大众的愿望，不过这都有地方可以去求，如财神送子娘娘等处，然而此外还有一种苦痛却无法解除，即是上文所说的人生的孤寂。孔子曾说过，鸟兽不可与同群，吾非斯人之徒而谁与。人是喜群的，但他往往在人群中感到不可堪的寂寞，有如在庙会时挤在潮水般的人丛里，特别像是一片树叶，与一切绝缘而孤立着。

念佛号的老公公老婆婆也不会不感到，或者比平常人还要深切吧，想用什么仪式来施行祓除，列位莫笑他们这几颗豆或小烧饼，有点近似小孩们的“办人家”，实在却是圣餐的面包葡萄酒似的一种象征，很寄存着深重的情意呢。我们的确彼此太缺少缘分，假如可能实有多结之必要，因此我对于那些好善者着实同情，而且大有加入的意思，虽然青头白面的和尚我与刘青园同样的讨厌，觉得不必与他们去结缘，而朱漆盘中的五色香花豆盖亦本来不是献给我辈者也。

我现在去念佛拈豆，这自然是可以不必了，姑且以小文章代之耳。我写文章，平常自己怀疑，这是为什么的：为公乎，为私乎？一时也有点说不上来。钱振锽《名山小言》卷七有一节云：

“文章有为我兼爱之不同。为我者只取我自家明白，虽无第二人解，亦何伤哉，老子古简，庄生诡诞，皆是也。兼爱者必使我一人之心共喻于天下，语不尽不止，孟子详明，墨子重复，是也。《论语》多弟子所记，故语意亦简，孔子诲人不倦，其语必不止此。或怪孔明文采不艳而过于丁宁周至，陈寿以为亮所与言尽众人凡士云云，要之皆文之近于兼爱者也。诗亦有之，王孟闲适，意取含蓄，乐天讽谕，不妨尽言。”

这一节话说得很好，可是想拿来应用却不很容易，我自己写文章是属于那一派的呢？说兼爱固然够不上。为我也未必然，似乎这里有点儿缠夹，而结缘的豆乃仿佛似之，岂不奇哉。写文章本来是为自己，但他同时要一个看的对手，这就不能完全与人无关系，盖写文章即是不甘寂寞，无论怎样写得难懂，意识里也总期待有第二人读，不过对于他没有过大的要求，即不必要他来做喽啰而已。煮豆微撒以盐而给人吃之，岂必要索厚偿，来生以百豆报我，但只愿有此微末情分，相见时好生看待，不至伥伥来去耳。

古人往矣，身后名亦复何足道，唯留存二三佳作，使今人读之欣然有同感，斯已足矣，今人之所能留赠后人者亦止此，此均是豆也。几颗豆豆，吃过忘记未为不可，能略为记得，无论转化作何形状，都是好的，我想这恐怕是文艺的一点效力，他只是结点缘罢了。我却觉得很是满足，此外不能有所希求，而且过此也就有点不大妥当，假如想以文艺为手段去达别的目的，那又是和尚之流矣，夫求女人的爱亦自有道，何为舍正路而不由，乃托一盘豆以图之，此则深为不佞所不能赞同者耳。

廿五年九月八日，在北平
（1936 年 10 月 10 日刊）

不倒翁

问题只须离开成人，不再从左右摇摆去着想，只当他作小孩子看待，一定会得看出新的美来的吧。

不倒翁是很好的一种玩具，不知道为什么在中国不很发达。这物事在唐朝就有，用作劝酒的东西。名为“酒胡子”，大约是做为胡人的样子，唐朝是诸民族混合的时代，所以或者很滑稽的表现也说不定。三十年前曾在北京古董店看到一个陶俑，有北朝的一个胡奴像，坐在地上弹琵琶，同生人一样大小。这是一个例子，可见在六朝以后，胡人是家庭中常见的。

这酒胡子有多么大，现在不知道了，也不知道怎样用法，我们只从元微之的诗里，可以约略晓得罢了：“遣闷多凭酒，公心只仰胡，挺身惟直指，无意独欺愚。”这办法传到宋朝，《墨庄漫录》记之曰：“饮席刻木为人而锐其下，置之盘中左右欹侧，僛僛然如舞状，力尽乃倒，视其传筹所至，酹之以杯，谓之劝酒胡。”这劝酒胡是终于跌倒的——不过一时不容易倒——所以与后来的做法不尽相同；但于跌倒之前要利用它的重心，左右欹侧，这又同后来是相近的了。做成“不倒翁”以后，辈分是长了，可是似乎代表圆滑取巧的作风，它不给人以好印象，到后来与儿童也渐益疏远了。名称改为“扳不倒”，方言叫作“勃弗倒”，勃字写作正反两个“或”字在一起，难写得很，也很难有铅字，所以从略。

不倒翁在日本的时运要好得多了。当初名叫“起来的小和尚”，就很好玩。在日本狂言里便已说及，“狂言”系是一种小喜剧，盛行于十二三世纪，与中国南宋相当。后来通称“达摩”，因画作粗眉大眼，身穿绯衣，兜住了两脚，正是“面壁九年”的光景。这位达摩大师来至中国，建立禅宗，在思想史上确有重大关系，但与一般民众和妇孺，却没有什么情分。

在日本，一说及达摩，真是人人皆知，草木虫鱼都有以他为名的，有形似的达摩船，女人有达摩髻，从背上脱去外套叫作“剥达摩”！眼睛光溜溜的达摩，又是儿童多么热爱的玩具呀！达摩的“趺跏而坐”的坐法，特别也与日本相近，要换别的东西上去很容易，这又使“达摩”变化成多样的模型。从达摩一变而成“女达摩”，这仿佛是从“女菩萨”化出来的，又从女达摩一变而化作儿童，便是很顺当的事情了。名称虽是“达摩”，男的女的都可以有，随后变成儿童，就是这个缘故。日本东北地方寒冷，冬天多用草囤安放小孩，形式略同“猫狗窝”相似，小孩坐在里边，很是温暖；尝见鹤冈地方制作这一种“不倒翁”，下半部是土制的，上半部小孩的脸同衣服，系用洋娃娃的材料制成。这倒很有一种地方色彩。

不倒翁本来是上好的发明，就只是没有充分的利用，中国人随后“垂脚而坐”的风气，也不大好用它。但是，这总值得考虑，怎样来重新使用这个发明，丰富我们玩具的遗产；问题只须离开成人，不再从左右摇摆去着想，只当他作小孩子看待，一定会得看出新的美来的吧。

（1957 年 7 月 7 日刊）

北平的春天

古人虽说以鸟鸣春，但我觉得还是在别方面更感到春的印象，即是水与花木。迂阔的说一句，或者这正是活物的根本的缘故罢。

北平的春天似乎已经开始了，虽然我还不大觉得。立春已过了十天，现在是六九六十三的起头了，布袖摊在两肩，穷人该有欣欣向荣之意。光绪甲辰即一九〇四年小除那时我在江南水师学堂曾作一诗云：

“一年倏就除，风物何凄紧。百岁良悠悠，向日催人尽。既不为大椿，便应如朝菌。一死息群生，何处问灵蠢。”但是第二天除夕我又做了这样一首云：

“东风三月烟花好，凉意千山云树幽，冬最无情今归去，明朝又得及春游。”这诗是一样的不成东西，不过可以表示我总是很爱春天的。春天有什么好呢，要讲他的力量及其道德的意义，最好去查盲诗人爱罗先河的抒情诗的演说，那篇世界语原稿是由我笔录，译本也是我写的，所以约略都还记得，但是这里眷录自然也更可不必了。春天的是官能的美，是要去直接领略的，关门歌颂一无是处，所以这里抽象的话暂且割爱。

且说我自己的关于春的经验，都是与游有相关的。古人虽说以鸟鸣春，但我觉得还是在别方面更感到春的印象，即是水与花木。迂阔的说一句，或者这正是活物的根本的缘故罢。小时候，在春天总有些出游的机会，扫墓与香市是主要的两件事，而通行只有水路，所在又多是山上野外，那么这水与花木自然就不会缺少的。

香市是公众的行事，禹庙南镇香炉峰为其代表。扫墓是私家的，会稽的乌石头调马场等地方至今在我的记忆中还是一种代表的春景。庚子年三月十六日的日记云：

“晨坐船出东郭门，挽纤行十里，至绕门山，今称东湖，为陶心云先生所创修，堤计长二百丈，皆植千叶桃垂柳及女贞子各树，游人颇多。又三十里至富盛埠，乘兜桥过市行三里许，越岭，约千余级。山中映山红牛郎花甚多，又有蕉藤数株，着花蔚蓝色，状如豆花，结实即刀豆也，可入药。路皆竹林，竹吻之出土者粗于碗口而长仅二三寸，颇为可观。忽闻有声如鸡鸣，阁阁然，山谷皆响，问之轿夫，云系雉鸡叫也。又二里许过一溪，阔数丈，水没及肝，界者乱流而渡，水中圆石颗颗，大如鹅卵，整洁可喜。行一二里至墓所，松柏夹道，颇称闳壮。方祭时，小雨簌簌落衣袂间，幸即晴霁。下山午餐，下午开船。将进城门，忽天色如墨，雷电并作，大雨倾注，至家不息。”

旧事重提，本来没有多大意思，这里只是举个例子，说明我春游的观念而已。我们本是水乡的居民，平常对于水不觉得怎么新奇，要去临流赏玩一番，可是生平与水太相习了，自有一种情分，仿佛觉得生活的美与悦乐之背景里都有水在，由水而生的草木次之，禽虫又次之。我非不喜禽虫，但它总离不了草木，不但是吃食，也实是必要的寄托，盖即使以鸟鸣春，这鸣也得在枝头或草原上才好，若是雕笼金锁，无论怎样的鸣得起劲，总使人听了索然兴尽也。

话休烦絮。到底北京的春天怎么样了呢，老实说，我住在北京和北平已将二十年，不可谓不久矣，对于春游却并无什么经验。妙峰山虽热闹，尚无暇瞻仰，清明郊游只有野哭可听耳。北平缺少水气，使春光减了成色，而气候变化稍剧，春天似不曾独立存在，如不算他是夏的头，亦不妨称为冬的尾，总之风和日暖让我们着了单袷可以随意徜徉的时候是极少，刚觉得不冷就要热了起来了。不过这春的季候自然还是有的。第一，冬之后明明是春，且不说节气上的立春也已过了。第二，生物的发生当然是春的证据，牛山和尚诗云，春叫猫儿猫叫春，是也。人在春天却只是懒散，雅人称曰春困，这似乎是别一种表示。所以北平到底还是有他的春天，不过太慌张一点了，又欠腴润一点，叫人有时来不及尝他的味儿，有时尝了觉得稍枯燥了，虽然名字还叫作春天，但是实在就把他当作冬的尾，要不然便是夏的头，反正这两者在表面上虽差得远，实际上对于不大承认他是春天原是一样的。

我倒还是爱北平的冬天。春天总是故乡的有意思，虽然这是三四十年前的事，现在怎么样我不知道。至于冬天，就是三四十年前的故乡的冬天我也不喜欢：那些手脚生冻瘃，半夜里醒过来像是悬空挂着似的上下四旁都是冷气的感觉，很不好受，在北平的纸糊过的屋子里就不会有的。在屋里不苦寒，冬天便有一种好处，可以让人家做事：手不僵冻，不必炙砚呵笔，于我们写文章的人大有利益。北平虽几乎没有春天，我并无什么不满意，盖吾以冬读代春游之乐久矣。

廿五年二月十四日

（1936 年 3 月 16 日刊）

丰富的单纯

我只希望，祈祷，我的心境不要再粗糙下去，荒芜下去……

初恋

每逢她抱着猫来看我写字，我便不自觉的振作起来，用了平常所无的努力去映写，感着一种无所希求的迷蒙的喜乐。

那时我十四岁，她大约是十三岁罢。我跟着祖父的妾宋姨太太寄寓在杭州的花牌楼，间壁住着一家姚姓，她便是那家的女儿。她本姓杨，住在清波门头，大约因为行三，人家都称她作三姑娘。姚家老夫妇没有子女，便认她做干女儿，一个月里有二十多天住在他们家里，宋姨太太和远邻的羊肉店石家的媳妇虽然很说得来，与姚宅的老妇却感情很坏，彼此都不交口，但是三姑娘并不管这些事，仍旧推进门来游嬉。她大抵先到楼上去，同宋姨太太搭讪一回，随后走下楼来，站在我同仆人阮升公用的一张板桌旁边，抱着名叫“三花”的一只大猫，看我映写陆润庠的木刻的字帖。

我不曾和她谈过一句话，也不曾仔细的看过她的面貌与姿态。大约我在那时已经很是近视，但是还有一层缘故，虽然非意识的对于她很是感到亲近，一面却似乎为她的光辉所掩，开不起眼来去端详她了。在此刻回想起来，仿佛是一个尖面庞，乌眼睛，瘦小身材，而且有尖小的脚的少女，并没有什么殊胜的地方，但在我的性的生活里总是第一个人，使我于自己以外感到对于别人的爱着，引起我没有明了的性的概念的，对于异性的恋慕的第一个人了。

我在那时候当然是“丑小鸭”，自己也是知道的，但是终不以此而减灭我的热情。每逢她抱着猫来看我写字，我便不自觉的振作起来，用了平常所无的努力去映写，感着一种无所希求的迷蒙的喜乐。并不问她是否爱我，或者也还不知道自己是爱着她，总之对于她的存在感到亲近喜悦，并且愿为她有所尽力，这是当时实在的心情，也是她所给我的赐物了。在她是怎样不能知道，自己的情绪大约只是淡淡的一种恋慕，始终没有想到男女关系的问题。有一天晚上，宋姨太太忽然又发表对于姚姓的憎恨，末了说道，

“阿三那小东西，也不是好货，将来总要流落到拱辰桥去做婊子的。”

我不很明白做婊子这些是什么事情，但当时听了心里想道，

“她如果真是流落做了，我必定去救她出来。”

大半年的光阴这样的消费过了。到了七八月里因为母亲生病，我便离开杭州回家去了。一个月以后，阮升告假回去，顺便到我家里，说起花牌楼的事情，说道，

“杨家的三姑娘患霍乱死了。”

我那时也很觉得不快，想像她的悲惨的死相，但同时却又似乎很是安静，仿佛心里有一块大石头已经放下了。

十一年九月

（1922 年 9 月 1 日刊）

娱园

我本是一只“丑小鸭”，没有一个人注意的，所以我隐秘的怀抱着的对于她的情意，当然只是单面的。

有三处地方，在我都是可以怀念的，——因为恋爱的缘故。第一是《初恋》里说过了的杭州，其二是故乡城外的娱园。

娱园是皋社诗人秦秋渔的别业，但是连在住宅的后面，所以平常只称作花园。这个园据王眉叔的《娱园记》说，是“在水石庄，枕碧湖，带平林，广约顷许。曲构云缭，疏筑花幕。竹高出墙，树古当户。离离蔚蔚，号为胜区”。园筑于咸丰丁巳（一八五七年），我初到那里是在光绪甲午，已在四十年后，遍地都长了荒草，不能想见当时“秋夜联吟”的风趣了。园的左偏有一处名叫潭水山房，记中称它“方池湛然，帘户静镜，花水孕縠[1]，笋石饾蓝”的便是。《娱

[1]“縠”原作“穀”。

园诗存》卷三中有诸人题词，樊樊山的《望江南》云，

“冰縠[2]净，山里钓人居。花覆书床偎瘦鹤，波摇琴幌散文鱼：水竹夜窗虚。”

陶子缜的一首云，

“澄潭莹，明瑟敞幽房。茶火瓶笙山蛎洞，柳丝泉筑水凫床：古帧写秋光。”

这些文字的费解虽然不亚于公府所常发表的骈体电文，但因此总可约略想见它的幽雅了。我们所见只是废墟，但也觉得非常有趣，儿童的感觉原自要比大人新鲜，而且在故乡少有这样游乐之地，也是一个原因。

娱园主人是我的舅父[3]的丈人，舅父晚年寓居秦氏的西厢，所以我们常有游娱园的机会。秦氏的西邻是沈姓，大约因为风水的关系，大门是偏向的，近地都称作“歪摆台门”。据说是明人沈青霞的嫡裔，但是也已很是衰颓，我们曾经去拜访他的主人，乃是一个二十岁左右的青年，跛着一足，在厅房聚集了七八个学童，教他们读《千家诗》。娱园主人的儿子那时是秦氏的家主，却因吸烟终日高卧，我们到傍晚去找他，请他画家传的梅花，可惜他现在早已

[2] 同 [1]。

[3] 是周作人的大舅父鲁伯堂（？—1902），秀才，终生闲居在家。

死去了。

忘记了是那一年，不过总是庚子以前的事罢。那时舅父的独子娶亲，（神安他们的魂魄，因为夫妇不久都去世了，）中表都聚在一处，凡男的十四人，女的七人。其中有一个人和我是同年同月生的，我称她为姊[4]，她也称我为兄：我本是一只“丑小鸭”，没有一个人注意的，所以我隐秘的怀抱着的对于她的情意，当然只是单面的，而且我知道她自小许给人家了，不容再有非分之想，但总感着固执的牵引，此刻想起来，倒似乎颇有中古诗人（Troubadour）的余风了。当时我们住在留鹤盦里，她们住在楼上。白天里她们不在房里的时候，我们几个较为年少的人便“乘虚内犯”走上楼去掠夺东西吃；有一次大家在楼上跳闹，我仿佛无意似的拿起她的一件雪青纺绸衫穿了跳舞起来，她的一个兄弟也一同闹着，不曾看出什么破绽来，是我很得意的一件事。后来读木下杢[5]太郎的《食后之歌》看到一首《绛绢里》不禁又引起我的感触。

“到毿上去取笔去，
钻过晾着的冬衣底下，
触着了女衫的袖子。
说不出的心里的扰乱，

[4] 周作人二姨父郦拜卿的女儿郦水平，周作人称“平表姊”，曾过继给周作人母亲做女儿，后嫁给车耕南，夫妻感情不和，因流产出血过多，终成病疾，却拒绝就医，郁郁而死。

[5] 杢原作“木”。

‘呀’的缩头下来：

南无，神佛也未必见罪罢，

因为这已是故人的遗物了。”

在南京的时代，虽然在日记上写了许多感伤的话，（随后又都剪去，所以现在记不起它的内容了，）但是始终没有想及婚嫁的关系。在外边漂流了十二年之后，回到故乡，我们有了儿女，她也早已出嫁，而且抱着痼疾，已经与死当面立着了，以后相见了几回，我又复出门，她不久就平安过去。至今她只有一张早年的照相在母亲那里，因她后来自己说是母亲的义女，虽然没有正式的仪节。

自从舅父全家亡故之后，二十年没有再到娱园的机会，想比以前必更荒废了。但是它的影象总是隐约的留在我脑底，为我心中的火焰（Fiammetta）的余光所映照着。

十二年三月

（1923年3月28日刊）

情诗

不知爱曾旅行到什么地方，
他带这个回来，——这最甜美的意义的话：
两个生命作成一个，看似一个。
在这里是一切的创造了。

读汪静之君的诗集《蕙的风》，便想到了“情诗”这一个题目。

这所谓情，当然是指两性间的恋慕。古人论诗本来也不抹杀情字，有所谓“发乎情止乎礼义”之说；照道理上说来，礼义原是本于人情的，但是现在社会上所说的礼义却并不然，只是旧习惯的一种不自然的遗留，处处阻碍人性的自由活动，所以在他范围里，情也就没有生长的余地了。我的意见以为只应“发乎情，止乎情”，就是以恋爱之自然的范围为范围；在这个范围以内我承认一切的情诗。倘若过了这界限，流于玩世或溺惑，那便是变态的病理的，在诗的价值上就有点疑问了。

我先将“学究的”说明对于性爱的意见。《爱之成年》的作者凯本德说，“性是自然界里的爱之譬喻”，这是一句似乎玄妙而很是确实的说明。生殖崇拜（Phallicism）这句话用到现今已经变成全坏的名字，专属于猥俗的仪式，但是我们未始不可把他回复到庄严的地位，用作现代性爱的思想的名称，而一切的情歌也就不妨仍加以古昔的Asmata Phallika（原意生殖颂歌）的徽号。凯本德在《爱与死之戏剧》内，根据近代细胞学的研究，声言“恋爱最初（或者毕竟）大抵只是两方元质的互换，”爱伦凯的《恋爱与结婚》上也说，“恋爱要求结合，不但为了别一新生命的创造，还因为两个人互相因缘的成为一个新的而且比独自存在更大的生命。”所以性爱是生的无差别与绝对的结合的欲求之表现，这就是宇宙间的爱的目的。凯本德有《婴儿》一诗，末尾这么说，

“完全的三品：男，女，与婴儿：
在这里是一切的创造了。”

“……不知爱曾旅行到什么地方，
他带这个回来，——这最甜美的意义的话：
两个生命作成一个，看似一个，
在这里是一切的创造了。”

恋爱因此可以说是宇宙的意义，个体与种族的完成与继续。我们不信有人格的神，但因了恋爱而能了解“求神者”的

心情，领会“入神”（Eothousiasmos）与“忘我”（Ekstasia）的幸福的境地。我们不愿意把《雅歌》一类的诗加以精神的解释，但也承认恋爱的神秘主义[1]的存在，对于波斯“毛衣派”诗人表示尊重。我相信这二者很有关系，实在恋爱可以说是一种宗教感情。爱慕，配偶与生产：这是极平凡极自然，但也是极神秘的事情。凡是愈平凡愈自然的，便愈神秘，阶以在现代科学上的性的知识日渐明了，性爱的价值也益增高，正因为知道了微妙重大的意义，自然兴起严肃的感情，更没有从前那戏弄的态度了。

诗本是人情迸发的声音，所以情诗占着其中的极大地位，正是当然的，但是社会上还流行着半开化时代的不自然的意见，以为性爱只是消遣的娱乐而非生活的经历，所以富有年老的人尽可耽溺，若是少年的男女在文字上质直的表示本怀，便算是犯了道德的律。还有一层，性爱是不可免的罪恶与污秽，虽然公许，但是说不得的，至少也不得见诸文学。在别一方面却又可惊的宽纵，曾见一个老道学家的公刊的笔记，卷首高谈理气，在后半的记载里含有许多不愉快的关于性的暗示的话。正如老人容易有变态性欲一样，旧社会的意见也多是不健全的。路易士（E.Lewis）在《凯本德传》里说，“社会把恋爱关在门里，从街上驱逐他去，说他无耻；扪住他的嘴，遏止他的狂喜的歌；用了卑猥的礼法将他围住；又因了经济状况，使健全的少年

[1] 神秘只是说不可思议，并不是神怪，二者区别自明，如生殖的事是神秘，说生殖由神灵主持是神怪了。

人们不得在父母的创造之欢喜里成就了爱的目的；这样的社会在内部已经腐烂，已受了死刑的宣告了。”在这社会里不能理解情诗的意义，原是当然的，所以我们要说情诗，非先把这种大多数的公意完全排斥不可。

我们对于情诗，当先看其性质如何，再论其艺术如何。情诗可以艳冶，但不可涉于轻薄，可以亲密，但不可流于狎亵；质言之，可以一切，只要不及于乱。这所谓乱，与从来的意思有点不同，因为这是指过分，——过了情的分限，即是性的游戏的态度，不以对手当作对等的人，自己之半的态度。简单的举一个例，私情不能算乱，而蓄妾是乱；私情的俗歌是情诗，而咏“金莲”的词曲是淫诗。在艺术上，同是情诗也可以分出优劣，在别一方面淫诗中也未尝没有以技工胜者，这是应该承认的，虽然我不想把他邀到艺术之宫里去。照这样看来，静之的情诗即使艺术的价值不一样，（如胡序里所详说，）但是可以相信没有“不道德的嫌疑”。不过这个道德是依照我自己的定义，倘若由传统的权威看去，不特是有嫌疑，确实是不道德的了。这旧道德上的不道德，正是情诗的精神，用不着我的什么辩解。静之因为年岁与境遇的关系，还未有热烈之作，但在他那缠绵宛转的情诗里却尽有许多佳句。我对于这些诗的印象，仿佛是散在太空里的宇宙之爱的霞彩，被静之用了捉胡蝶的网兜住了多少，在放射微细的电光。所以见了《蕙的风》里的“放情地唱”，我们应该认为诗坛解放的一种呼声，期望他精进成就，倘若大惊小怪，以为“革命也不能革到这个地步”，那有如见了小象还怪他比牛大，未免眼光太短了。

（1922 年 10 月 12 日刊）

乌篷船

你坐在船上，应该是游山的态度，看看四周物色，随处可见的山，岸旁的乌桕，河边的红蓼和白蘋，渔舍，各式各样的桥，困倦的时候睡在舱中拿出随笔来看，或者冲一碗清茶喝喝。

子荣君：

接到手书，知道你要到我的故乡去，叫我给你一点什么指导。老实说，我的故乡，真正觉得可怀恋的地方，并不是那里；但是因为在那里生长，住过十多年，究竟知道一点情形，所以写这一封信告诉你。

我所要告诉你的，并不是那里的风土人情，那是写不尽的，但是你到那里一看也就会明白的，不必罗唆地多讲。我要说的是一种很有趣的东西，这便是船。你在家乡平常总坐人力车，电车，或是汽车，但在我的故乡那里这些都没有，除了在城内或山上是用轿子以外，普通代步都是用船。

船有两种，普通坐的都是“乌篷船”，白篷的大抵作航船用，坐夜航船到西陵去也有特别的风趣，但是你总不便坐，所以我也就可以不说了。乌篷船大的为“四明瓦”（Sy-menngoɑ），小的为脚划船（划读如 uoɑ），亦称小船。但是最适用的还是在这中间的“三道”，亦即三明瓦。篷是半圆形的，用竹片编成，中夹竹箬，上涂黑油，在两扇“定篷”之间放着一扇遮阳，也是半圆的，木作格子，嵌着一片片的小鱼鳞，径约一寸，颇有点透明，略似玻璃而坚韧耐用，这就称为明瓦。三明瓦者，谓其中舱有两道，后舱有一道明瓦也。船尾用橹，大抵两支，船首有竹篙，用以定船。船头着眉目，状如老虎，但似在微笑，颇滑稽而不可怕，唯白篷船则无之。三道船篷之高大约可以使你直立，舱宽可以放下一顶方桌，四个人坐着打麻将——这个恐怕你也已学会了罢？

小船则真是一叶扁舟，你坐在船底席上，篷顶离你的头有两三寸，你的两手可以搁在左右的舷上，还把手都露出在外边。在这种船里仿佛是在水面上坐，靠近田岸去时泥土便和你的眼鼻接近，而且遇着风浪，或是坐得少不小心，就会船底朝天，发生危险，但是也颇有趣味，是水乡的一种特色。不过你总可以不必去坐，最好还是坐那三道船罢。

你如坐船出去，可是不能像坐电车的那样性急，立刻盼望走到。倘若出城，走三四十里路，（我们那里的里程是很短，一里才及英里三分之一，）来回总要预备一天。

你坐在船上，应该是游山的态度，看看四周物色，随处可见的山，岸旁的乌桕，河边的红蓼和白蘋，渔舍，各式各样的桥，困倦的时候睡在舱中拿出随笔来看，或者冲一碗清茶喝喝。偏门外的鉴湖一带，贺家池，壶觞左近，我都是喜欢的，或者往娄公埠骑驴去游兰亭，（但我劝你还是步行，骑驴或者于你不很相宜，）到得暮色苍然的时候进城上都挂着薜荔的东门来，倒是颇有趣味的事。

倘若路上不平静，你往杭州去时可于下午开船，黄昏时候的景色正最好看，只可惜这一带地方的名字我都忘记了。夜间睡在舱中，听水声橹声，来往船只的招呼声，以及乡间的犬吠鸡鸣，也都很有意思。雇一只船到乡下去看庙戏，可以了解中国旧戏的真趣味，而且在船上行动自如，要看就看，要睡就睡，要喝酒就喝酒，我觉得也可以算是理想的行乐法。

只可惜讲维新以来这些演剧与迎会都已禁止，中产阶级的低能人别在“布业会馆”等处建起“海式”的戏场来，请大家买票看上海的猫儿戏。这些地方你千万不要去。——你到我那故乡，恐怕没有一个人认得，我又因为在教书不能陪你去玩，坐夜船，谈闲天，实在抱歉而且惆怅。川岛君夫妇现在偁山下，本来可以给你介绍，但是你到那里的时候他们恐怕已经离开故乡了。初寒，善自珍重，不尽。

十五年一月十八日夜，于北京

（1926 年 11 月 27 日刊）

鸟声

春天来了，百花开放，姑娘们跳舞着，
天气温和，好鸟都歌唱起来。

Cuckco，jug-jug，pee-wee，to-witta-woo！

古人有言，“以鸟鸣春。”现在已过了春分，正是鸟声的时节了，但我觉得不大能够听到，虽然京城的西北隅已经近于乡村。这所谓鸟当然是指那飞鸣自在的东西，不必说鸡鸣咿咿鸭鸣呷呷的家奴，便是熟番似的鸽子之类也算不得数，因为他们都是忘记了四时八节的了。我所听见的鸟鸣只有檐头麻雀的啾啁，以及槐树上每天早来的啄木的干笑，——这似乎都不能报春，麻雀的太琐碎了，而啄木又不免多一点干枯的气味。

英国诗人那许（Nash）有一首诗，被录在所谓《名诗选》（*Golden Treasury*）的卷首。他说，春天来了，百花开放，姑娘们跳舞着，天气温和，好鸟都歌唱起来，他列举四样鸟声：

Cuckco，jug-jug，pee-wee，to-witta-woo！

这九行的诗实在有趣，我却总不敢译，因为怕一则译不好，二则要译错。现在只抄出一行来，看那四样是什么鸟。

第一种是勃姑，书名鸤鸠，他是自呼其名的，可以无疑了。

第二种是夜莺，就是那林间的“发痴的鸟”，古希腊女诗人称之曰“春之使者，美音的夜莺”，他的名贵可想而知，只是我不知道他到底是什么东西。我们乡间的黄莺也会“翻叫”，被捕后常因想念妻子而急死，与他西方的表兄弟相同，但他要吃小鸟，而且又不发痴地唱上一夜以至于呕血。

第四种虽似异怪乃是猫头鹰。

第三种则不大明了，有人说是蚊母鸟，或云是田凫，但据斯密士的《鸟的生活与故事》第一章所说系小猫头鹰。倘若是真的，那么四种好鸟之中猫头鹰一家已占其二了。斯密士说这二者都是褐色猫头鹰，与别的怪声怪相的不同，他的书中虽有图像，我也认不得这是鸱是鸮还是流离之子，不过总是猫头鹰之类罢了。

儿时曾听见他们的呼声，有的声如货郎的摇鼓，有的恍若连呼“掘注”（dzhuehuoang），俗云不祥主有死丧，所以闻者多极懊恼，大约此风古已有之，查检观頮[1]道人的《小演雅》，所录古今禽言中不见有猫头鹰的话。然而仔细回想，觉得那些叫声实在并不错，比任何风声箫声鸟声更为有趣，如诗人谢勒（Shelley）所说。

现在，就北京来说，这几样鸣声都没有，所有的还只是麻雀和啄木鸟。老鸹，乡间称云乌老鸦，在北京是每天可以听到的，但是一点风雅气也没有，而且是通年噪聒，不知道他是那一季的鸟。麻雀和啄木鸟虽然唱不出好的歌来，在那琐碎和干枯之中到底还含一些春气；唉唉，听那不讨人欢喜的乌老鸦叫也已够了，且让我们欢迎这些鸣春的小鸟，倾听他们的谈笑罢。

“啾唧，啾唧！”

“嘎嘎！”

十四年四月

（1925年4月6日刊）

[1]“頮”原作“颒”。

苍蝇

> 她也爱那月神的情人恩迭米盎（Endymion），当他睡着的时候，她总还是和他讲话或唱歌，使他不能安息，因此月神发怒，把她变成苍蝇。

苍蝇不是一件很可爱的东西，但我们在做小孩子的时候都有点喜欢他。我同兄弟常在夏天乘大人们午睡，在院子里弃着香瓜皮瓤的地方捉苍蝇——苍蝇共有三种，饭苍蝇太小，麻苍蝇有蛆太脏，只有金苍蝇可用。金苍蝇即青蝇，小儿谜中所谓“头戴红缨帽，身穿紫罗袍”者是也。我们把它捉来，摘一片月季花的叶，用月季的刺钉在背上，便见绿叶在桌上蠕蠕而动，东安市场有卖纸制各色小虫者，标题云“苍蝇玩物”，即是同一的用意。我们又把他的背竖穿在细竹丝上，取灯心草一小段，放在脚的中间，他便上下颠倒的舞弄，名曰“嬉棍”；又或用白纸条缠在肠上纵使飞去，但见空中一片片的白纸乱飞，很是好看。倘若捉到一个年富力强的苍蝇，用快剪将头切下，它的身子便仍旧飞去。希腊路吉亚诺思(Lukianos)的《苍蝇颂》中说:“苍蝇在被切去了头之后，也能生活好些时光。”大约二千年前的小孩已经是这样的玩耍的了。

我们现在受了科学的洗礼，知道苍蝇能够传染病菌，因此对于他们很有一种恶感。三年前卧病在医院时曾作有一首诗，后半云：

“大小一切的苍蝇们，
美和生命的破坏者，
中国人的好朋友的苍蝇们呵，
我诅咒你的全灭，
用了人力以外的
最黑最黑的魔术的力。”

但是实际上最可恶的还是他的别一种坏癖气，便是喜欢在人家的颜面手脚上乱爬乱舔，古人虽美其名曰“吸美”，在被吸者却是极不愉快的事。希腊有一篇传说，说明这个缘起，颇有趣味。据说苍蝇本来是一个处女，名叫默亚(Muia)，很是美丽，不过太喜欢说话。她也爱那月神的情人恩迭米盎(Endymion)，当他睡着的时候，她总还是和他讲话或唱歌，使他不能安息，因此月神发怒，把她变成苍蝇。以后她还是纪念着恩迭米盎，不肯叫人家安睡，尤其是喜欢搅扰年青的人。

苍蝇的固执与大胆，引起好些人的赞叹。何美洛思（Homeros）在史诗中常比勇士于苍蝇，他说，虽然你赶他去，他总不肯离开你，一定要叮你一口方才罢休。又有诗人云，那小苍蝇极勇敢地跳在人的肢体上，渴欲饮血，战士却躲避敌人的刀锋，真可羞了。我们侥幸不大遇见渴血的勇士，但勇敢地攻上来涨我们的头的却常常遇到。法勃尔（Fabre）的《昆虫记》里说有一种蝇，乘土蜂负虫入穴之时，下卵于虫内，后来蝇卵先出，把死虫和蜂卵一并吃下去。他说这种蝇的行为好像是一个红巾黑衣的暴客在林中袭击旅人，但是他的慓悍敏捷的确也可佩服，倘使希腊人知道，或者可以拿去形容阿迭修思（Odysseus）一流的狡侩英雄罢。

中国古来对于苍蝇也似乎没有什么反感。《诗经》里说："营营青蝇，止于樊。岂弟君子，无信谗言。"又云："非鸡则鸣，苍蝇之声。"据陆农师说，青蝇善乱色，苍蝇善乱声，所以是这样说法。传说里的苍蝇，即使不是特殊良善，总之决不比别的昆虫更为卑恶。在日本的俳谐中则蝇成为普通的诗料，虽然略带湫秽的气色，但很能表出温暖热闹的境界。小林一茶更为奇特，他同圣芳济一样，以一切生物为弟兄朋友，苍蝇当然也是其一。检阅他的俳句选集，咏蝇的诗有二十首之多，今举两首以见一斑。一云：

"笠上的苍蝇，比我更早地飞进去了。"

这诗有题曰《归庵》。又一首云：

“不要打哪，苍蝇搓他的手，搓他的脚呢。”

我读这一句，常常想起自己的诗觉得惭愧，不过我的心情总不能达到那一步，所以也是无法。《埤雅》云：“蝇好交其前足，有绞蝇之象……亦好交其后足。”这个描写正可作前句的注解。又绍兴小儿谜语歌云：“像乌豇豆格乌，像乌豇豆格粗，堂前当中央，坐得拉胡须。”也是指这个现象。（格犹云“的”，坐得即“坐着”之意。）

据路吉亚诺思说，古代有一个女诗人，慧而美，名叫默亚，又有一个名妓也以此为名，所以滑稽诗人有句云：“默亚咬他直达他的心房。”中国人虽然永久与苍蝇同桌吃饭，却没有人拿苍蝇作为名字，以我所知只有一二人被用为诨名而已。

十三年七月

（1924 年 7 月 13 日刊）

两株树

要看树木花草也不必一定种在自己的家里，关起门来独赏，让它们在野外路旁，或是在人家粉墙之内也并不妨，只要我偶然经过时能够看见两三眼，也就觉得欣然，很是满足的了。

我对于植物比动物还要喜欢，原因是因为我懒，不高兴为了区区视听之娱一日三餐地去饲养照顾，而且我也有点相信“鸟身自为主”的迂论，觉得把他们活物拿来做囚徒当奚奴，不是什么愉快的事，若是草木便没有这些麻烦，让它们直站在那里便好，不但并不感到不自由，并且还真是生了根地不肯再动一动哩。但是要看树木花草也不必一定种在自己的家里，关起门来独赏，让它们在野外路旁，或是在人家粉墙之内也并不妨，只要我偶然经过时能够看见两三眼，也就觉得欣然，很是满足的了。

树木里边我所喜欢的第一种是白杨。小时候读古诗十九首，读过“白杨何萧萧，松柏夹广路”之句，但在南方终未见过白杨，后来在北京才初次看见。谢在杭著《五杂组》中云：

“古人墓树多植梧楸，南人多种松柏，北人多种白杨。白杨即青杨也，其树皮白如梧桐，叶似冬青，微风击之辄淅沥有声，故古诗云，白杨多悲风，萧萧愁杀人。予一日宿邹县驿馆中，甫就枕即闻雨声，竟夕不绝，侍儿曰，雨矣。予讶之曰，岂有竟夜雨而无檐溜者？质明视之，乃青杨树也。南方绝无此树。”

《本草纲目》卷三五下引陈藏器曰，“白杨北土极多，人种墟墓间，树大皮白，其无风自动者乃杨移，非白杨也。”又寇宗奭云，“风才至，叶如大雨声，谓无风自动则无此事，但风微时其叶孤极处则往往独摇，以其蒂长叶重大，势使然也。”王象晋《群芳谱》则云“杨有二种，一白杨，一青杨，白杨蒂长两两相对，遇风则簌簌有声，人多植之坟墓间”，由此可知白杨与青杨本自有别，但“无风自动”一节却是相同。在史书中关于白杨有这样的两件故事：

《南史·萧惠开传》，“惠开为少府，不得志，寺内斋前花草甚美，悉铲除，别植白杨。”

《唐书·契苾何力传》，“龙翔中司稼少卿梁脩仁新作大明宫，植白杨于庭，示何力曰，此木易成，不数年可芘。何力不答，但诵白杨多悲风萧萧愁杀人之句，脩仁惊悟，更植以桐。”

这样看来，似乎大家对于白杨都没有什样好感。为什么呢？这个理由我不大说得清楚，或者因为它老是簌簌的动的缘故罢。听说苏格兰地方有一种传说，耶稣受难时所用的十字架是用白杨木做的，所以白杨自此以后就永远在发抖，大约是知道自己的罪孽深重。但是做钉的铁却似乎不曾因此有什么罪，黑铁这件东西在法术上还总有点位置的，不知何以这样地有幸有不幸。（但吾乡结婚时忌见铁，凡门窗上铰链等悉用红纸糊盖，又似别有缘故。）

我承认白杨种在墟墓站的确很好看，然而种在斋前又何尝不好，它那瑟瑟的响声第一有意思。我在前面的院子里种了一棵，每逢夏秋有客来斋夜话的时候，忽闻淅沥声，多疑是雨下，推户出视，这是别种树所没有的佳处。梁少卿怕白杨的萧萧改植梧桐，其实梧桐也何尝一定吉祥，假如要讲迷信的话，吾乡有一句俗谚云，“梧桐大如斗，主人搬家走”，所以就是别庄花园里也很少种梧桐的，这实在是一件很可惜的事，梧桐的枝干和叶子真好看，且不提那一叶落知天下秋的兴趣了。

在我们的后院里却有一棵，不知已经有若干年了，我至今看了它十多年，树干还远不到五合的粗，看它大有黄杨木的神气，虽不厄闰也总长得十分缓慢呢。——因此我想到避忌梧桐大约只是南方的事，在北方或者并没有这句俗谚，在这里梧桐想要如斗大恐怕不是容易的事罢。

第二种树乃是乌桕，这正与白杨相反，似乎只生长于东南，北方很少见。陆龟蒙诗云，“行歇每依鸦舅影”，陆游诗云，“乌桕赤于枫，园林二月中”，又云，“乌桕新添落叶红”，都是江浙乡村的景象。《齐民要术》卷十列“五谷果蓏菜茹非中国物产者”，下注云“聊以存其名目，记其怪异耳，爰及山泽草木任食非人力所种者，悉附于此，”其中有乌臼一项，引《玄中记》云，荆扬有乌臼，其实如鸡头，迮之如胡麻子，其汁味如猪脂。《群芳谱》言，“江浙之人，凡高山大道溪边宅畔无不种，”此外则江西安徽盖亦多有之。关于它的名字，李时珍说，“乌喜食其子，因以名之。……或曰，其木老则根下黑烂成臼，故得此名。”我想这或曰恐太迂曲，此树又名鸦舅，或者与乌不无关系，乡间冬天卖野味有桕子舄（读如呆鸟字），是道墟地方名物，此物殆是乌类乎，但是其味颇佳，平常所谓舄肉几乎便指此舄也。

桕树的特色第一在叶，第二在实。放翁生长稽山镜水间，所以诗中常常说及桕叶，便是那唐朝的张继寒山寺诗所云江枫渔火对愁眠，也是在说这种红叶。王端履著《重论文斋笔录》卷九论及此诗，注云，“江南临水多植乌桕，秋叶饱霜，鲜红可爱，诗人类指为枫，不知枫生山中，性最恶湿，不能种之江畔也。此诗江枫二字亦未免误认耳。”范寅在《越谚》卷中桕树项下说，“十月叶丹，即枫，其子可榨油，农皆植田边”，就把两者误合为一。罗逸长《青山记》云，“山之麓朱村，盖考亭之祖居也，自此倚石啸歌，松风上下，遥望木叶着霜如渥丹，始见怪以为红花，久之知为乌桕树也。”《蓬窗续录》云，“陆子渊《豫章录》言，饶信间桕树冬初叶落，结子放蜡，每颗作十字裂，一丛有数颗，望之若梅花初绽，枝柯诘曲，多在野水乱石间，远近成林，真可作画。此与柿树俱称美荫，园圃植之最宜。”这两节很能写出桕树之美，它的特色仿佛可以说是中国画的，不过此种景色自从我离了水乡的故国已经有三十年不曾看见了。

桕树子有极大的用处，可以榨油制烛。《越谚》卷中蜡烛条下注曰，“卷芯草干，熬桕油拖蘸成烛，加蜡为皮，盖紫草汁则红。”汪曰桢著《湖雅》卷八中说得更是详细：

“中置烛心，外裹乌桕子油，又以紫草染蜡盖之，曰桕油烛。用棉花子油者曰青油烛，用牛羊油者曰荤油烛。湖俗祀神祭先必燃两炬，皆用红桕烛。婚嫁用之曰喜烛，缀蜡花者曰花烛，祝寿所用曰寿烛，丧家则用绿烛或白烛，亦桕烛也。”

日本寺岛安良编《和汉三才图会》五八引《本草纲目》语云，“烛有蜜蜡烛虫蜡烛牛脂烛桕油烛，”后加案语曰：

“案唐式云少府监每年供蜡烛七十挺，则元以前既有之矣。有数品，而多用木蜡牛脂蜡也。有油桐子蚕豆苍耳子等为蜡者，火易灭。有鲸鲲油为蜡者，其焰甚臭，牛脂蜡亦臭。近年制精，去其臭气，故多以牛蜡伪为木蜡，神佛灯明不可不辨。”

但是近年来蜡烛恐怕已是倒了运，有洋人替我们造了电灯，其次也有洋蜡洋油，除了拿到妙峰山上去之外大约没有它的什么用处了。就是要用蜡烛，反正牛羊脂也凑合可以用得，神佛未必会得见怪，——日本真宗的和尚不是都要娶妻吃肉了么？那么柏油并不再需要，田边水畔的红叶白实不久也将绝迹了罢。这于国民生活上本来没有什么关系，不过在我想起来的时候总还有点怀念，小时候喜读《南方草木状》，《岭表录异》和《北户录》等书，这种脾气至今还是存留着，秋天买了一部大版的《本草纲目》，很为我的朋友所笑，其实也只是为了这个缘故罢了。

十九年十二月二十五日，于北平煅药庐

（1931 年 3 月 10 日刊）

关于苦茶

端透于今变澄澈　鱼模自古读歌麻
眼前一例君须记　茶苦原来即苦茶

去年春天偶然做了两首打油诗，不意在上海引起了一点风波，大约可以与今年所谓中国本位的文化宣言相比，不过有这差别，前者大家以为是亡国之音，后者则是国家将兴必有祯祥罢了。此外也有人把打油诗拿来当作历史传记读，如字的加以检讨，或者说玩骨董那必然有些钟鼎书画吧，或者又相信我专喜谈鬼，差不多是蒲留仙一流人。这些看法都并无什么用意，也于名誉无损，用不着声明更正，不过与事实相远这一节总是可以奉告的。其次有一件相像的事，但是却颇愉快的，一位友人因为记起吃苦茶的那句话，顺便买了一包特种的茶叶拿来送我，这是我很熟的一个朋友，我感谢他的好意，可是这茶实在太苦，我终于没有能够多吃。

据朋友说这叫作苦丁茶。我去查书，只在日本书上查到一点，云系山茶科的常绿灌木，干粗，叶亦大，长至三四寸，晚秋叶腋开白花，自生山地间，日本名曰唐茶（Tocha），一名龟甲茶，汉名皋芦，亦云苦丁。赵学敏《本草拾遗》卷六云：

“角刺茶，出徽州。土人二三月采茶时兼采十大功劳叶，俗名老鼠刺，叶曰苦丁，和匀同炒，焙成茶，货与尼庵，转售富家妇女，云妇人服之终身不孕，为断产第一妙药也。每斤银八钱。”案十大功劳与老鼠刺均系五加皮树的别名，属于五加科，又是落叶灌木，虽亦有苦丁之名，可以制茶，似与上文所说不是一物，况且友人也不说这茶喝了可以节育的。再查类书关于皋芦却有几条，《广州记》云：

“皋芦，茗之别名，叶大而涩，南人以为饮。”又《茶经》有类似的话云：

“南方有瓜芦木，亦似茗，至苦涩，取为屑茶饮亦可通夜不眠。”《南越志》则云：

“茗苦涩，亦谓之过罗。”此木盖出于南方，不见经传，皋芦云云本系土俗名，各书记录其音耳。但是这是怎样的一种植物呢，书上都未说及，我只好从茶壶里去拿出一片叶子来，仿佛制腊叶似的弄得干燥平直了，仔细看时，我认得这乃是故乡常种的一种坟头树，方言称作枸朴树的就是，叶长二寸，宽一寸二分，边有细锯齿，其形状的确有点像龟壳。原来这可以泡茶吃的，虽然味大苦涩，不但我不能多吃，便是且将就斋主人也只喝了两口，要求泡别的茶吃了。但是我很觉得有兴趣，不知道在白菊花以外还有些什么叶子可以当茶？《毛诗草木鸟兽虫鱼疏》“山有栲”一条下云：

“山樗生山中，与下田樗大略无异，叶似差狭耳，吴人以其叶为茗。”《五杂俎》卷十一云：

“以绿豆微炒，投沸汤中倾之，其色正绿，香味亦不减新茗，宿村中觅茗不得者可以此代。”此与现今炒黑豆作咖啡正是一样。又云：

“北方柳芽初茁者采之入汤，云其味胜茶。曲阜孔林楷木其芽可烹。闽中佛手柑橄榄为汤，饮之清香，色味亦旗枪之亚也。”卷十《记孔林楷木》条下云：

“其芽香苦，可烹以代茗，亦可于而茹之，即俗云黄连头。”孔林吾未得瞻仰，不知楷木为何如树，唯黄连头则少时尝茹之，且颇喜欢吃，以为有福建橄榄豉之风味也。关于以木芽代茶，《湖雅》卷二亦有二则云：

“桑芽茶，案山中有木俗名新桑荑，采嫩芽可代茗，非蚕所食之桑也。”

“柳芽茶，案柳芽亦采以代茗，嫩碧可爱，有色而无香味。”汪谢城此处所说与谢在杭不同，但不佞却有点左袒汪君，因为其味胜茶的说法觉得不大靠得住也。

许多东西都可以代茶，咖啡等洋货还在其外，可是我只感到好玩，有这些花样，至于我自己还只觉得茶好，而且茶也以绿的为限，红茶以至香片嫌其近于咖啡，这也别无多大道理，单因为从小在家里吃惯本山茶叶耳。口渴了要喝水，水里照例泡进茶叶去，吃惯了就成了规矩，如此而已。对于茶有什么特别了解，赏识，哲学或主义么？这未必然。一定喜欢苦茶，非苦的不喝么？这也未必然。那么为什么诗里那么说，为什么又叫作庵名，岂不是假话么？那也未必然。今世虽不出家亦不打诳语。必要说明，还是去小学上找罢。吾友沈兼士先生有诗为证，题曰《又和一首自调》，此系后半首也：

端透于今变澄澈　鱼模自古读歌麻
眼前一例君须记　茶苦原来即苦茶

二十四年二月
（1935年3月13日刊）

一茶的俳句

春风呵，虽然草长得深，还是故乡呵！
云散了，光滑滑的月夜呵！
在红的树叶上，摊着的寒气呵！

一

日本的俳句，原是不可译的诗，一茶的俳句却尤为不可译。俳句是一种十七音的短诗，描写情景，以暗示为主，所以简洁含蓄，意在言外，若经翻译直说，便不免将它主要的特色有所毁损了。一茶的句子，更是特别：他因为特殊景况的关系，造成一种乖张而且慈悲的性格；他的诗脱离了松尾芭蕉的闲寂的禅味，几乎又回到松永贞德的诙谐与洒脱（Share 即文字的游戏）去了。但在根本上却有一个异点：便是他的俳谐是人情的，他的冷笑里含着热泪，他的对于强大的反抗与对于弱小的同情，都是出于一本的。他不像芭蕉派的闲寂，然而贞德派的诙谐里面也没有他的情热。一茶在日本的俳句诗人中，几乎是空前而且绝后，所以有人称他作俳句界的彗星，忽然而来，又忽然而去，望不见他的踪影了。我们要译这一个奇人的诗，当然是极难而近于不可能的。但为绍介这诗人起见，所以不惜冒了困难与失败，姑且试一回；倘因了原诗的本质的美，能够保存几分趣味，便是我最大的愿望了。

一茶（Issa）姓小林，名弥太郎，日本信州柏原驿人，本是农家子。三岁的时候，他的母亲死了，他便跟着祖母过活。他的俳文集《俺的春天》（*Oraga Haru*）里，有这一节文章：

（一）被小孩子歌唱说，“没有母亲的小孩，随处可以看出来：衔着指头，站在大门口！”我觉得非常胆怯，不大去和人们接近，只是躲在后面园地里垒着的柴草堆下，过那长的日子。虽然是自己的事情，也觉得很是可哀。

和我来游戏罢，没有母亲的雀儿！（六岁时作）

后来继母来了！这时一茶正八岁。当初感情还好，过了两年，他的异母弟专六生了以后，待遇便大不如前了。他的笔记断片里说：

春天去后，帮助耕作，昼间终日摘菜刈草，或是牵马，夜间也终宵借了窗下的月光，编草鞋和马的足套，更没有用功的余暇。

他的诗中有许多咏继子的句，今举其一：

（二）继子呵，乘凉时候的执事是敲稻草。

十四岁时，祖母去世，一茶更没有保护了；他的父亲看不过去，但也没有办法，只得叫他往江户去寻机会，放他一条生路。十年之后，他成了一个芭蕉宗的葛饰派的俳人，出现于世。但是他的才气，不是什么宗派可以拘束得住的，所以过了五年，他又脱离师门，改称俳谐寺一茶，从此自在游行，他的特色得以发挥出来了。他的父亲病重，一茶急忙回去，在外已经有十五年。父亲死后，遗嘱将一所住屋，几亩田地，给两个儿子平分，但是继母和专六不肯照办，一茶于是再到江户，过那漂流的生活。以后回去一次，又被继母等所拒，他愤然的连草鞋的带都不曾解，又上京来。他的句集里有这两句诗，可以知道他的心情。

（三）故乡啊，触着碰着都是荆棘的花。

（四）在故乡连苍蝇也都螫人呵！

一茶为了析产的事，第三次回乡去，当初继母等仍然不理，他说要去控告了，这才解决了结，他的父亲这时已经死了十二年，他自己也五十岁了。一茶虽然先前对于故乡说了多少恶口，但住下以后，却又生出爱着（恋）来。

（五）春风呵，虽然草长得深，还是故乡呵！

（六）嘍，这是我终老的住家么？——雪五尺！

一茶定居之后，这才结婚。他的《七番日记》里说：

“四月十一日晴，妻来。”

“十三日雨，大家来贺喜。收百六文。”

百六文当是贺礼的钱数；贺喜照俗礼便是水祝，新婚后，亲友共携酒食来会，以水沃新郎，因有此称。诗云：

（七）莫让他逃阿，被水祝的五十的新郎。

妻名菊女，共居八年，生四男一女，皆早夭。菊女死后，续娶武家之女，名雪女，嫌一茶穷老，居二月余即离婚。次娶八百女，三年而一茶卒，遗腹生一女，一茶的血统得以继续至今。一茶天性爱怜弱小，对于自己的儿女，自然爱着更深了，但不幸都早夭折；我们读他俳文集与句集，交互的见到他对于儿女的真挚的爱抚与哀恸，不禁为之释卷叹息。他真是不幸的“子烦恼”的诗人！

（八）在去年五月所生的女儿的面前，放了一人份的杂煮[1]的膳台。

（文政二年正月一日）

笑罢爬罢，二岁了呵，从今朝为始！

（九）一面哺乳，数着跳蚤的痕迹。

---

[1] 杂煮是年糕和紫菜等同煮，元旦所吃的食物。

（十）（原题：祝小儿的前途）

可喜呀，吊钟似的[2]新穿的袷衣。

（十一）她遂于六月二十一日与蕣花同谢。母亲抱着死儿的面庞，荷荷的大哭，这也是当然了。虽然明知道到了此刻，逝水不归，落花不再返枝，但无论怎么达观，终于难以断念的，这正是恩爱的羁绊。句云：

露水的世，虽然是露水的世，虽然是如此。

此节见《俺的春天》内，现在录其一段。上文所说小儿，皆指一茶的女儿聪女。一茶是净土宗的信徒，但他仍是不能忘情，“露水的世”一句，真是从他心底里出来，令人感动的杰作。下一句也见于《俺的春天》中。

（十二）（原题：聪女三十五日墓参）

秋风呵，撕剩的红花，拿来作供。[3]

菊女死后，留下两岁的孤儿金三郎，寄养在邻村的农家，却将水当乳给他喝，半年之后，随即死了。一茶的集里，有这几句，为他们作纪念。

[2] Tentsuruten 系俗语，形容衣服短貌，惜无适当的译语，这句实在是一茶特有的好句，运用俗语，意带诙谐，而爱怜小儿之意也很明了。原意说祝小儿长大，新穿袷衣也觉得很短，是极可喜的事，译句却十分枯窘了。

[3] 末四字原本所无，因意思不足，所以添上了。

（十三）（原题：亡妻新盆[4]）

遗爱[5]之儿呵，“母亲来了！”拍他的手。

（十四）瞿麦呵，地藏菩萨的前前后后。[6]

（十五）妻死了，又为子所弃，还没有工夫消散悲叹之情，岁又暮了。这真是婆娑的事情的烦腻呵！

作弥陀佛的土仪，又拾了一岁！

一茶于是也老了，他的住屋又遭火灾。只剩下一间土藏，他便在这里面卧起。过了半年，舍弃此世，到安养世界去了，年六十五（1763—1827A.D.）。

二

以下所述，是日本沼波琼音的一篇文章，原载在《俳谐寺一茶》的附录里。我因为他说一茶的特色，颇为简明，便也译出。虽然间有增添的处所，但都别作一节，不与原文相杂，起首又用一案字，一见可以了然。

---

[4] 盂兰盆之略，即中元，旧俗以是日迎鬼设祭，所以小儿说“母亲来了”，拍手礼拜，与中国拜法略异。

[5] Katami（形见）是人死后，留给生人作纪念之物。又临别贻留，亦称形见。此处是第一义。

[6] 这是悼金三郎之句，地藏菩萨依《本愿经》说，救苦拔罪，有不可思议愿力，日本多刻石置冢墓间，为亡人资冥福，中国此风已替，只将他当作地神了。

一茶作诗的时候，并不想着要作好句，而且也并不想着作句，却只是謦欬悉是俳谐罢了。他的最随便的，说出便算的句子，从他的“发句账”上看来，也经过非常的推敲，好像是讲技巧，但这实在只是苦心计划怎么能够表现自己的所感，并不见什么藻饰的地方。矢野龙溪说，文章之上乘者，是“以金刚宝石为内容，以无色透明的水晶纸包之”。一茶的诗便是这样，在句与想之间没有一点阻隔，仿佛能够完全透明的看见一茶这个人的衷心了。在我的意见，像一茶那样多作的人，再也没有罢。读这许多俳句和他的日记，觉得他浑身都透视了。

一茶将动物植物，此外的无生物，森罗万象，都当作自己的朋友。但又不是平常的所谓以风月为友，他是以万物为人，一切都是亲友的意思。他以森罗万象为友，一切以人类待遇他们。他并不见有一毫假托。似乎实在是这样的信念。

（十六）初出现的萤火，为甚回转了呢？这是俺呢！

（十七）足下也进江户去的么？杜鹃呵！

（十八）萍花开了守候着，草庵的前面。

（十九）闲古鸟[7]叫了，说不要从马上掉了下来！

[7]鹧鸪之类。

（二十）我和你是前世的中表兄弟么？闲古鸟！

（二十一）明月呵，今天你也是贵忙！

（二十二）早晴的时候，毕毕剥剥的炭的高兴呵！

他将木炭等类都当人看。其余跳蚤蚱蜢等小虫，也当真的认作自己的朋友，咏到诗里去。

一茶对于昆虫类，也倾注热烈的同情。

（二十三）不要打哪，苍蝇搓他的手，搓他的脚呢！

（二十四）跳蚤们，可不觉得夜长么？岑寂么？

案，这一类的佳句甚多，现在增录几首。

（二十五）小雀儿，回避罢，回避罢！马来了呵！

（二十六）女儿看呵，正在被卖身去的萤火！[8]

（二十七）（题：六道图之一，——地狱）黄昏的月，——锅子里啼着的田螺。

（二十八）鱼儿们呵，也不知是桶里，门口的纳凉。

[8] 日本夏天有卖萤者，富人得之放庭园中，或盛以纱囊悬室内，以为娱乐。

（二十九）春雨来了，吃剩的鸭呷呷的叫着。

（三十）捉到一个虱子，掐死他固然可怜要弃在门外，任他绝食，也觉得不忍；忽然的想到我佛从前给与鬼子母的东西。[9]

虱子呵，放在和我的味道一样的石榴上爬着。

在他的句集里，咏跳蚤的句子很多，而且并不嫌憎它们。他诗里说冬天还有跳蚤出来，他的住家的景况，就很可以想见了。在许多句子里，仿佛他是和跳蚤一同游嬉着似的。

（三十一）要转侧了呵，你回避罢，蚱蜢！

（三十二）蜗牛，——破坏了墙壁，给他游嬉。

后一句所说，与良宽上人因为竹从座席下生长出来，便即破坏地板，除去屋瓦，以免妨碍它的发育自由，正是同一趣向。在《七番日记》里，又写着这样的事。有一天暴雨之后，一茶在乡间泥泞的狭路上行走，对面有三四匹马背了稻走来。领头的一匹，便即避道，走下泥泞里去。后面的马也跟着走去。这时一茶自己只拿着一个头陀袋，马却背着重荷，叫它们让路，实在非常抱歉；马的心里想必以为这是强横的人罢；“觉得太可怜了，立在堤上，暂

[9] 日本传说，佛降伏鬼子母神，给与石榴实食之，以代人肉，因榴实味酸甜似人肉云，据《鬼子母经》说，她后来成了生育之神，然则这石榴大约只是多子的象征罢了。

时目送其去。”在日记上记着。马是畜生，人是万物之灵，这种思想，在一茶是没有的。

一茶将自然看得与自己极近。譬如写天地，中间并没有阻隔的东西，好像是写房内情景的模样，看得非常相近。如说将自然看得狭，未免很有语病，或者不如说亲密的看自然，较为适当。

（三十三）云散了，光滑滑的月夜呵！

（三十四）剖苇呵，天空角落的筑波山！

（三十五）在红的树叶上，摊着的寒气呵！

他将月夜看作和尚的头一般，筑波山仿佛是放在墙角，寒气说得似乎是晒着的棉被；但是诗趣一样的明白的现出。

一茶所作，颇多恬淡洒脱的句，但其中含有现今的所谓“生之悲哀”。读他的时候，引起的感觉，与读普通厌世的文章的时候不同。

（三十六）黄昏的樱花，今天也已经变作往昔了。

（三十七）这样的活着，也是不可思议呵！花的阴里。

一茶的欲望很小。仿佛秋雨时候，只望什么人送牡丹饼来，就满足了。晚年他在烧剩的土藏里过日子。被人欺侮，财产都夺了去，他虽然也愤慨，但是随即忘怀了。

我的朋友有一个河野理学士，是颇妙的人，有一回同乘电车，他玩笑的说，有美的女人坐着就好，但是上去看时，车中都是汗秽的工人和老人，接连的坐着。河野君皱了眉说，“这电车是灰色的。”但在灰色里，也有它的趣味。这灰色的趣味，在一茶诗里，很是分明。

（三十八）萍花的来呀来呀的[10]老头儿的茶摊。

（三十九）老婆婆喝酒去的月夜呵！

（四十）砰（石訇）哗喇的[11]，知道是老婆子的砧声。

（四十一）深川呵，经过了霜似的看门的人！

这样的句子，与蕉风（即芭蕉派）的所谓寂，又迥乎不同。如萍花这一句，差不多将一茶的心，画一般的描出来了。

案，下列几首，也是同类趣味的诗：

（四十二）（原题：堂前乞食）

给一文钱，打一下钲的寒冷呵！

---

[10] 此言萍花因风动摇，如人招手，为老人招客。

[11] Dotabata 形容胡乱敲击的响声，东京俗语。

（四十三）（原题：桥上乞食）

将母亲当作除霜的屏风，睡着的孩子！

（四十四）沙弥尼，已将鬼灯[12]种下了等着。

（四十五）（原题：商万钱日有苦，商一钱日有乐）

吹着笛子，大除夕的饧糖的鸟。[13]

（四十六）（原题：住吉[14]）唐人[15]也看呵，插秧的笛子和大鼓！

（四十七）（原题：粒粒皆辛苦）是罪过呵，午睡了听着的插秧歌！

（四十八）恭喜也是中通的罢了，俺的春天。

一茶对于遇见老或贫穷或不幸的事，非常的慨叹，但一面也有以为有趣的态度。遇了火灾，只剩下一间土藏，当作住宅，在这悲苦的时期，他还这样说：

---

[12]鬼灯即酸浆，妇女子取其实，将核挤去但剩空壳，纳口中以齿微啮，令空气出入作声，用作玩具。

[13]此言卖饧者吹笛游行，虽除夕犹自怡然。

[14]地名。

[15]唐人为中国人之古称。

（四十九）火烧场呵，跳蚤们哄哄的喧扰着。

在《七番日记》里，很叹息齿牙脱落，但他做这样的狂歌：

“牙齿脱了，皈依你时也是阿无阿弥陀，
阿无阿弥陀佛，阿无阿弥陀佛呀！”[16]

一茶的诗，叙景叙情各方面都有，庄严的句，滑稽的句，这样那样，差不多是千变万化，但在这许多诗的无论哪一句里，即使说着阳气的事，底里也含着深的悲哀。这个潜伏的悲哀，很可玩味。如不能感到这个，便不能说真已赏识了一茶的诗的真味。

将一茶的句，单看作滑稽飘逸的人，是不曾知道一茶的人。

一九二一年七月二十五日，于北京西山
（1921年11月10日刊）

[16] 狂歌即诙谐的短歌，专以双关巧合取胜，此歌意不甚了，仿佛是说齿缺则南无只能念作阿无。

镜花缘

这世界在歌者看来，是为了梦想者而造的。

我的祖父是光绪初年的翰林，在二十年前已经故去了，他不曾听到国语文学这些名称，但是他的教育法却很特别。他当然仍教子弟做诗文，唯第一步的方法是教人自由读书，尤其是奖励读小说，以为最能使人“通”，等到通了之后，再弄别的东西便无所不可了。他所保举的小说，是《西游记》《镜花缘》《儒林外史》这几种，这也就是我最初所读的书。（以前也曾念过“四子全书”，不过那只是“念”罢了。）

我幼年时候所最喜欢的是《镜花缘》。林之洋的冒险，大家都是赏识的，但是我所爱的是多九公，因为他能识得一切的奇事和异物。对于神异故事之原始的要求，长在我们的血脉里，所以《山海经》《十洲记》《博物志》之类千余年前的著作，在现代人的心里仍有一种新鲜的引力：九头的鸟，一足的牛，实在是荒唐无稽的话，但又是怎样的愉快呵。《镜花缘》中飘海的一部分，就是这些分子的近代化，我想凡是能够理解希腊史诗《阿迭绥亚》的趣味的，当能赏识这荒唐的故事。

有人要说，这些荒唐的话即是诳话。我当然承认。但我要说明，以欺诈的目的而为不实之陈述者才算是可责，单纯的——为说诳而说的诳话，至少在艺术上面，没有是非之可言。向来大家都说小孩喜说诳话是作贼的始基，现代的研究才知道并不如此。小孩的诳话大都是空想的表现，可以说是艺术的创造；他说我今天看见一条有角的红蛇，决不是想因此行诈得到什么利益，实在只是创作力的活动，用了平常的材料，组成特异的事物，以自娱乐。叙述自己想象的产物，与叙述现世的实生活是同一的真实，因为经验并不限于官能的一方面。我们要小孩诚实，但这当推广到使他并诚实于自己的空想。诳话的坏处在于欺蒙他人；单纯的诳话则只是欺蒙自己，他人也可以被其欺蒙——不过被欺蒙到梦幻的美里去，这当然不能算是什么坏处了。

王尔德有一篇对话，名 *The Decay of Lying*（《说诳的衰颓》），很叹息于艺术的堕落。《狱中记》译者的序论里把 Lying 译作“架空”，仿佛是忌避说诳这一个字（日本也是如此），其实有什么要紧。王尔德哪里会有忌讳呢？他说文艺上所重要者是“讲美的而实际上又没有的事”，这就是说诳。但是他虽然这样说，实行上却还不及他的同乡丹绥尼；“这世界在歌者看来，是为了梦想者而造的”，正是极妙的赞语。科伦（P. Colum）在丹绥尼的《梦想者的故事》的序上说：

> 他正如这样的一个人，走到猎人的寓居里，说道，你们看这月亮很奇怪，我将告诉你，月亮是怎样做的，又为什么而做的。既然告诉他们月亮的事情之后，他又接续着讲在树林那边的奇异的都市，和在独角兽的角里的珍宝。倘若别人责他专讲梦想与空想给人听，他将回答说，我是在养活他们的惊异的精神，惊异在人是神圣的。我们在他的著作里，几乎不能发现一点社会的思想。
>
> 但是，却有一个在那里，这便是一种对于减缩人们想象力的一切事物——对于凡俗的都市，对于商业的实利，对于从物质的组织所发生的文化之严厉的敌视。

梦想是永远不死的。在恋爱中的青年与在黄昏下的老人都有他的梦想，虽然她们的颜色不同。人之子有时或者要反叛她，但终究还回到她的怀中来。我们读王尔德的童话，赏识他种种好处，但是《幸福的王子》和《渔夫与其魂》里的叙述异景总要算是最美之一了。我对于《镜花缘》，因此很爱他这飘洋的记述。我也爱《呆子伊凡》或《麦加尔的梦》，然而我或者更幼稚地爱希腊神话。

记得《聊斋志异》卷头有一句诗道:“姑妄言之姑听之。”这是极妙的话。《西游记》《封神榜》以及别的荒唐的话(无聊的模拟除外),在这一点上自有特别的趣味,不过这也是对于所谓受戒者(The Initiated)而言,不是一般的说法,更非所论于那些心思已入了牛角弯的人们。他们非用纪限仪显微镜来测看艺术,便对着画钟馗供香华灯烛:在他们看来,则《镜花缘》若不是可恶的妄语必是一部信史了。

(1923 年 3 月 31 日刊)

《雨天的书》序二

我只希望，祈祷，我的心境不要再粗糙下去，荒芜下去，这就是我的大愿望。

前年冬天《自己的园地》出版以后，起手写《雨天的书》，在半年里只写了六篇，随即中止了。但这个题目我很欢喜，现在仍旧拿了来作这本小书的名字。

这集子里共有五十篇小文，十分之八是近两年来的文字，《初恋》等五篇则是从《自己的园地》中选出来的。这些大都是杂感随笔之类，不是什么批评或论文。据说天下之人近来已看厌这种小品文了，但我不会写长篇大文，这也是无法。我的意思本来只想说我自己要说的话，这些话没有趣味，说又说得不好，不长，原是我自己的缺点，虽然缺点也就是一种特色。这种东西发表出去，厌看的人自然不看，没有什么别的麻烦，不过出版的书店要略受点损失罢了，或者，我希望，这也不至于很大吧。

我编校这本小书毕，仔细思量一回，不禁有点惊诧，因为意外地发见了两件事。一，我原来乃是道德家，虽然我竭力想摆脱一切的家数，如什么文学家批评家，更不必说道学家。我平素最讨厌的是道学家，（或照新式称为法利赛人，）岂知这正因为自己是一个道德家的缘故；我想破坏他们的伪道德不道德的道德，其实却同时非意识地想建设起自己所信的新的道德来。我看自己一篇篇的文章，里边都含着道德的色彩与光芒，虽然外面是说着流氓似的土匪似的话。我很反对为道德的文学，但自己总做不出一篇为文章的文章，结果只编集了几卷说教集，这是何等滑稽的矛盾。也罢，我反正不想进文苑传，（自然也不想进儒林传，）这些可以不必管他，还是“从吾所好”，一径这样走下去吧。

二，我的浙东人的气质终于没有脱去。我们一族住在绍兴只有十四世，其先不知是那里人，虽然普通称是湖南道州，再上去自然是鲁国了。这四百年间越中风土的影响大约很深，成就了我的不可拔除的浙东性，这就是世人所通称的“师爷气”。本来师爷与钱店官同是绍兴出产的坏东西，民国以来已逐渐减少，但是他那法家的苛刻的态度，并不限于职业，却弥漫及于乡间，仿佛成为一种潮流，清朝的章实斋、李越缦即是这派的代表，他们都有一种喜骂人的脾气。我从小知道“病从口入祸从口出”的古训，后来又想溷迹于绅士淑女之林，更努力学为周慎，无如旧性难移，燕尾之服终不能掩羊脚，检阅旧作，满口柴胡，殊少敦厚温和之气；呜呼，我其终为“师爷派”矣乎？虽然，此亦属没有法子，我不必因自以为是越人而故意如此，亦不必因其为学士大夫所不喜而故意不如此：我有志为京兆人，而自然乃不容我不为浙人，则我亦随便而已耳。

我近来作文极慕平淡自然的景地，但是看古代或外国文学才有此种作品，自己还梦想不到有能做的一天，因为这有气质境地与年龄的关系，不可勉强。像我这样褊急的脾气的人，生在中国这个时代，实在难望能够从容镇静地做出平和冲淡的文章来。我只希望，祈祷，我的心境不要再粗糙下去，荒芜下去，这就是我的大愿望。我查看最近三四个月的文章，多是照例骂那些道学家的，但是事既无聊，人亦无聊，文章也就无聊了，便是这样的一本集子里也不值得收入。我的心真是已经太荒芜了。田园诗的境界是我以前偶然的避难所，但这个我近来也有点疏远了。以后要怎样才好，还须得思索过，——只可惜现在中国连思索的余暇都还没有。

十四年十一月十三日，病中倚枕书。

英国十八世纪有约翰妥玛斯密（John Thomas Smith）著有一本书，也可以译作《雨天的书》（*Book for a Rainy Day*），但他是说雨天看的书，与我的意思不同。这本书我没有见过，只在讲诗人勃莱克（William Blake）的书里看到一节引用的话，因为他是勃莱克的一个好朋友。

十五日又记

（1925 年 11 月 30 日刊）

生命本来的样子

最好是闲静地招呼那熹微的晨光，不必忙乱地奔向前去，也不要对于落日忘记感谢那曾为晨光之垂死的光明。

山中杂信

但我又舍不得不看，好像身上有伤的人，明知触着是很痛的，但有时仍是不自禁的要用手去摸，感到新的剧痛，保留他受伤的意识。

一

伏园兄：

我已于本月初退院，搬到山里来了。香山不很高大，仿佛只是故乡城内的卧龙山模样，但在北京近郊，已经要算是很好的山了。碧云寺在山腹上，地位颇好，只是我还不曾到外边去看过，因为须等医生再来诊察一次之后，才能决定可以怎样行动，而且又是连日下雨，连院子里都不能行走，终日只是起卧屋内罢了。大雨接连下了两天，天气也就颇冷了。般若堂里住着几个和尚们，买了许多香椿干，摊在芦席上晾着，这两天的雨不但使他不能干燥，反使他更加潮湿。每从玻璃窗望去，看见廊下摊着湿漉漉的深绿的香椿干，总觉得对于这班和尚们心里很是抱歉似的，——虽然下雨并不是我的缘故。

般若堂里早晚都有和尚做功课，但我觉得并不烦扰，而且于我似乎还有一种清醒的力量。清早和黄昏时候的清澈的磬声，仿佛催促我们无所信仰，无所归依的人，拣定一条道路精进向前。我近来的思想动摇与混乱，可谓已至其极了，托尔斯泰的无我爱与尼采的超人，共产主义与善种学，耶佛孔老的教训与科学的例证，我都一样的喜欢尊重，却又不能调和统一起来，造成一条可以行的大路。

我只将这各种思想，凌乱的堆在头里，真是乡间的杂货衣料店了。——或者世间本来没有思想上的“国道”，也未可知。这件事我常常想到，如今听他们做功课，更使我受了激刺，同他们比较起来，好像上海许多有国籍的西商中间，夹着一个“无领事管束”的西人。至于无领事管束，究竟是好是坏，我还想不明白。不知你以为何如？

寺内的空气并不比外间更为和平。我来的前一天，般若堂里的一个和尚，被方丈差人抓去，说他偷寺内的法物，先打了一顿，然后捆送到城内什么衙门去了。究竟偷东西没有，是别一个问题，但是吊打恐总非佛家所宜。大约现在佛徒的戒律，也同“儒业”的三纲五常一样，早已成为具文了。自己即使犯了永为弃物的波罗夷罪，并无妨碍，只要有权力，便可以处置别人，正如护持名教的人却打他的老父，世间也一点都不以为奇。

我们厨房的间壁，住着两个卖汽水的人，也时常吵架。掌柜的回家去了，只剩了两个少年的伙计，连日又下雨，不能出去摆摊，所以更容易争闹起来。前天晚上，他们都不愿意烧饭，互相推诿，始而相骂，终于各执灶上用的铁通条，打仗两次。我听他们叱咤的声音，令我想起《三国志》及《劫后英雄略》等书里所记的英雄战斗或比武时的威势，可是后来战罢，他们两个人一点都不受伤，更是不可思议了。从这两件事看来，你大略可以知道这山上的战氛罢。

因为病在右肋，执笔不大方便，这封信也是分四次写成的。以后再谈罢。

一九二一年六月五日
（1921 年 6 月 7 日刊）

二

近日天气渐热，到山里来住的人也渐多了。对面的那三间屋，已于前日租去，大约日内就有人搬来。般若堂两旁的厢房，本是“十方堂”，这块大木牌还挂在我的门口。但现在都已租给人住，以后有游方僧来，除了请到罗汉堂去打坐以外，没有别的地方可以挂单了。

三四天前大殿里的小菩萨，失少了两尊，方丈说是看守大殿的和尚偷卖给游客了，于是又将他捆起来，打了一顿，但是这回不曾送官，因为次晨我又听见他在后堂敲那大木鱼了。（前回被捉去的和尚，已经出来，搬到别的寺里去了。）

当时我正翻阅《诸经要集》六度部的忍辱篇，道世大师在述意缘内说道，“……岂容微有触恼，大生瞋恨，乃至角眼相看，恶声厉色，遂加杖木，结恨成怨”，看了不禁苦笑。或者丛林的规矩，方丈本来可以用什么板子打人，但我总觉得有点矛盾。而且如果真照规矩办起来，恐怕应该挨打的却还不是这个所谓偷卖小菩萨的和尚呢。

山中苍蝇之多，真是“出人意表之外”。每到下午，在窗外群飞，嗡嗡作声，仿佛是蜜蜂的排衙。我虽然将风门上糊了冷布，紧紧关闭，但是每一出入，总有几个混进屋里来。各处掉上摊着苍蝇纸，另外又用了棕丝制的蝇拍追着打，还是不能绝灭。英国诗人勃莱克有《苍蝇》一诗，将蝇来与无常的人生相比；日本小林一茶的俳句道，“不要打哪！那苍蝇搓他的手，搓他的脚呢。”我平常都很是爱念，但在实际上却不能这样的宽大了。一茶又有一句俳句，序云：

“捉到一个虱子，将他掐死固然可怜，要把他舍在门外，让他绝食，也觉得不忍；忽然的想到我佛从前给与鬼子母的东西[1]，成此：

虱子呵，放在和我味道一样的石榴上爬着。”

《四分律》云，“时有老比丘拾虱弃地，佛言不应，听以器盛若绵拾著中。若虱走出，应作筒盛；若虱出筒，应作盖塞。随其寒暑，加以腻食将养之。”一茶是诚信的佛教徒，所以也如此做，不过用石榴喂他却更妙了。这种殊胜的思想，我也很以为美，但我的心底里有一种矛盾，一面承认苍蝇是与我同具生命的众生之一，但一面又总当他是脚上带着许多有害的细菌，在头上面上爬的痒痒的，一种可恶的小虫，心想除灭他。这个情与知的冲突，实在是无法调和，因为我笃信“赛老先生”[2]的话，但也不想拿了他的解剖刀去破坏诗人的美的世界，所以在这一点上，大约只好甘心且做蝙蝠派罢了。

对于时事的感想，非常纷乱，真是无从说起，倒还不如不说也罢。

六月二十三日
（1921 年 6 月 24 日刊）

［1］日本传说，佛降伏鬼子母神，给与石榴实食之，以代人肉，因榴实味酸甜似人肉云。据《鬼子母经》说，她后来变了生育之神，这石榴大约只是多子的象征罢了。

［2］赛老先生是中国新文化运动期间对“科学”的一种形象的称呼，指近代自然科学法则和科学精神。

三

我在第一信里，说寺内战氛很盛，但是现在情形却又变了。卖汽水的一个战士，已经下山去了。这个缘因，说来很长。前两回礼拜日游客很多，汽水卖了十多块钱一天，方丈知道了，便叫他们从形势最好的那“水泉”旁边撤退，让他自己来卖。他们只准在荒凉的塔院下及门口去摆摊，生意便很清淡，掌柜的于是实行减政，只留下了一个人做帮手，——这个伙计本是做墨盒的，掌柜自己是泥水匠。这主从两人虽然也有时争论，但不至于开起仗来了。

方丈似乎颇喜欢吊打他属下的和尚，不过他的法庭离我这里很远，所以并未直接受到影响。此外偶然和尚们喝醉了高粱，高声抗辩，或者为了金钱胜负稍有纠葛，都是随即平静，算不得什么大事。因此般若堂里的空气，近来很是长闲逸豫，令人平矜释躁。这个情形可以意会，不易言传，我如今举出一件琐事来做个象征，你或者可以知其大略。

我们院子里，有一群鸡，共五六只，其中公的也有，母的也有。这是和尚们共同养的呢，还是一个人的私产，我都不知道。他们白天里躲在紫藤花底下，晚间被盛入一只小口大腹，像是装香油用的藤篓里面。这篓子似乎是没有盖的，我每天总看见他在柏树下仰天张着口放着。夜里酉戌之交，和尚们擂鼓既罢，各去休息，篓里的鸡便怪声怪气的叫起来。于是禅房里和尚们的“唆，唆——”之声，相继而作。这样以后，篓里与禅房里便复寂然，直到天明，更没有什么惊动。

问是什么事呢？答说有黄鼠狼来咬鸡。其实这小口大腹的篓子里，黄鼠狼是不会进去的，倘若掉了下去，他就再逃也出不来了。大约他总是未能忘情，所以常来窥探，不过聊以快意罢了。倘若篓子上加上个盖，——虽然如上文所说，即使无盖，本来也很安全，——也便可以省得他的窥探。但和尚们永远不加盖，黄鼠狼也便永远要来窥探，以致“三日两头”的引起夜中篓里与禅房里的驱逐。这便是我所说的长闲逸豫的所在。我希望这一节故事，或者能够比那四个抽象的字说明的更多一点。

但是我在这里不能一样的长闲逸豫，在一日里总有一个阴郁的时候，这便是下午清华园的邮差送报来后的半点钟。我的神经衰弱，易于激动，病后更甚，对于略略重大的问题，稍加思索，便很烦躁起来，几乎是发热状态，因此平常十分留心免避。但每天的报里，总是充满着不愉快的事情，见了不免要起烦恼。或者说，既然如此，不看岂不好么？但我又舍不得不看，好像身上有伤的人，明知触着是很痛的，但有时仍是不自禁的要用手去摸，感到新的剧痛，保留他受伤的意识。但苦痛究竟是苦痛，所以也就赶紧丢开，去寻求别的慰解。我此时放下报纸，努力将我的思想遣发到平常所走的旧路上去，——回想近今所看书上的大乘菩萨布施忍辱等六度难行，净土及地狱的意义，或者去搜求游客及和尚们（特别注意于方丈）的轶事。我也不愿再说不愉快的事，下次还不如仍同你讲他们的事情罢。

六月二十九日
（1921 年 7 月 2 日刊）

四

近日因为神经不好，夜间睡眠不足，精神很是颓唐，所以好久没有写信，也不曾作诗了。诗思固然不来，日前到大殿后看了御碑亭，更使我诗兴大减。碑亭之北有两块石碑，四面都刻着乾隆御制的律诗和绝句。这些诗虽然很讲究的刻在石上，壁上还有宪兵某君的题词，赞叹他说“天命乃有移，英风殊难泯”！但我看了不知怎的联想到那塾师给冷于冰看的草稿，将我的创作热减退到近于零度。我以前病中忽发野心，想做两篇小说，一篇叫《平凡的人》，一篇叫《初恋》；幸而到了现在还不曾动手。不然，岂不将使《馍馍赋》不但无独而且有偶么？

我前回答应告诉你游客的故事，但是现在也未能践约，因为他们都从正门出入，很少到般若堂里来的。我看见从我窗外走过的游客，一总不过十多人。他们却有一种公共的特色，似乎都对于植物的年龄颇有趣味。他们大抵问和尚或别人道，“这藤萝有多少年了？”答说，“这说不上来。”便又问，“这柏树呢？”至于答案，自然仍旧是“说不上来”了。或者不问柏树的，也要问槐树，其余核桃石榴等小树，就少有人注意了。我常觉得奇异，他们既然如此热心，寺里的人何妨就替各棵老树胡乱定出一个年岁，叫和尚们照样对答，或者写在大木板上，挂在树下，岂不一举两得么？

游客中偶然有提着鸟笼的，我看了最不喜欢。我平常有一种偏见，以为作不必要的恶事的人，比为生活所迫，不得已而作恶者更为可恶；所以我憎恶蓄妾的男子，比那卖女为妾——因贫穷而吃人肉的父母，要加几倍。对于提鸟笼的人的反感，也是出于同一的源流。如要吃肉，便吃罢了；（其实飞鸟的肉，于养生上也并非必要。）如要赏鉴，在他自由飞鸣的时候，可以尽量的看或听；何必关在笼里，擎着走呢？我以为这同喜欢缠足一样的是痛苦的赏玩，是一种变态的残忍的心理。贤首于《梵网戒疏》“盗戒”下注云，“善见云，盗空中鸟，左翅至右翅，尾至头，上下亦尔，俱得重罪。准此戒，纵无主，鸟身自为主，盗皆重也。”鸟身自为主，——这句话的精神何等博大深厚，然而又岂是那些提鸟笼的朋友所能了解的呢？

《梵网经》里还有几句话，我觉得也都很好。如云，“若佛子，故食肉，——一切肉不得食。——断大慈悲性种子，一切众生见而舍去。”又云，“一切男子是我父，一切女人是我母，我生生无不从之受生，故六道众生皆我父母。而杀而食者，即杀我父母，亦杀我故身：一切地水，是我先身；一切大风，是我本体。……”我们现在虽然不能再相信六道轮回之说，然而对于这普亲观平等观的思想，仍然觉得他是真而且美。英国勃莱克的诗：

“被猎的兔的每一声叫，
撕掉脑里的一枝神经；
云雀被伤在翅膀上，
一个天使止住了歌唱。”

这也是表示同一的思想。我们为自己养生计，或者不得不杀生，但是大慈悲性种子也不可不保存，所以无用的杀生与快意的杀生，都应该免避的。譬如吃醉虾，这也罢了；但是有人并不贪他的鲜味，只为能够将半活的虾夹住，直往嘴里送，心里想道“我吃你”！觉得很快活。这是在那里尝得胜快心的滋味，并非真是吃食了。《晨报》杂感栏里曾登过松年先生的一篇《爱》，我很以他所说的为然。但是爱物也与仁人很有关系，倘若断了大慈悲性种子，如那样吃醉虾的人，于爱人的事也恐怕不大能够圆满的了。

七月十四日
（1921 年 7 月 17 日刊）

五

近日天气很热，屋里下午的气温在九十度以上。所以一到晚间，般若堂里在院子里睡觉的人，总有三四人之多。他们的睡法很是奇妙，因为蚊子白岭要来咬，于是便用棉被没头没脑的盖住。这样一来，固然再也不怕蚊子们的勒索，但是露天睡觉的原意也完全失掉了。要说是凉快，却蒙着棉被；要说是通气，却将头直钻到被底下去。那么同在热而气闷的屋里睡觉，还有什么区别呢？

有一位方丈的徒弟，睡在藤椅上，挂了一顶洋布的帐子，我以为是防蚊用的了，岂知四面都是悬空，蚊子们如能飞近地面一二尺，仍旧是可以进去的，他的帐子只能挡住从上边掉下来的蚊子罢了。这些奥妙的办法，似乎很有一种禅味，只是我了解不来。

我的行踪，近来已经推广到东边的“水泉”。这地方确是还好，我于每天清早，没有游客的时候，去徜徉一会，赏鉴那山水之美。只可惜不大干净，路上很多气味，——因为陈列着许多《本草》上的所谓人中黄！我想中国真是一个奇妙的国，在那里人们不容易得到营养料，也没有方法处置他们的排泄物。我想像轩辕太祖初入关的时候，大约也是这样情形。但现在已经过了四千年之久了。难道这个情形真已支持了四千年，一点不曾改么？

水泉西面的石阶上，是天然疗养院附属的所谓洋厨房。门外生着一棵白杨树，树干很粗，大约直径有六七寸，白皮斑驳，很是好看。他的叶在没有什么大风的时候，也瑟瑟的响，仿佛是有魔术似的。古诗说，“白杨多悲风，萧萧愁杀人，”非看见过白杨树的人，不大能了解他的趣味。欧洲传说云，耶稣钉死在白杨木的十字架上，所以这树以后便永远颤抖着。……

我正对着白杨起种种的空想，有一个七八岁的小西洋人跟着宁波的老妈子走进洋厨房来。那老妈子同厨子讲着话的时候，忽然来了两个小广东人，各举起一只手来，接连的打小西洋人的嘴巴。他的两个小颊，立刻被批的通红了，但他却守着不抵抗主义，任凭他们打去。我的用人看不过意，把他们隔开两回，但那两位攘夷的勇士又冲过去，寻着要打嘴巴。被打的人虽然忍受下去了，但他们把我刚才的浪漫思想也批到不知去向，使我切肤的感到现实的痛。——至于这两个小爱国者的行为，若由我批评，不免要有过激的话，所以我也不再说了。

我每天傍晚到碑亭下去散步，顺便恭读乾隆的御制诗；碑上共有十首，我至少总要读他两首。读之既久，便发生种种感想，其一是觉得语体诗发生的不得已与必要。御制诗中有这几句，如“香山适才游白社，越岭便以至碧云”，又“玉泉十丈瀑，谁识此其源”，似乎都不大高明。但这实在是旧诗的难做，怪不得皇帝。对偶呀，平仄呀，押韵呀，拘束得非常之严，所以便是奉天承运的真龙也挣扎他不过，只落得留下多少打油的痕迹在石头上面。倘若他生在此刻，抛了七绝五律不做，去做较为自由的新体诗，即使做的不好，也总不至于被人认为“哥罐闻焉嫂棒伤”的蓝本罢。

但我写到这里，忽然想到《大江集》等几种名著，又觉得我所说的也未必尽然。大约用文言做“哥罐”的，用白话做来仍是“哥罐”，——于是我又想起一种疑问，这便是语体诗的“万应”的问题了。

七月十七日
（1921年7月21日刊）

六

好久不写信了。这个原因，一半因为你的出京，一半因为我的无话可说。我的思想实在混乱极了，对于许多问题都要思索，却又一样的没有归结，因此觉得要说的话虽多，但不知道怎样说才好。现在决心放任，并不硬去统一，姑且看书消遣，这倒也还罢了。

上月里我到香山去了两趟，都是坐了四人轿去的。我们在家乡的时候，知道四人轿是只有知县坐的，现在自己却坐了两回，也是“出于意表之外”的。我一个人叫他们四位扛着，似乎很有点抱歉，而且每人只能分到两角多钱，在他们实在也不经济；不知道为什么不减作两人呢？那轿杠是杉木的，走起来非常颠簸。大约坐这轿的总非有候补道的那样身材，是不大合宜的。

我所去的地方是甘露旅馆，因为有两个朋友耽搁在那里，其余各处都不曾去。什么的一处名胜，听说是督办夫人住着，不能去了。我说这是什么督办，参战和边防的督办不是都取消了么。答说是水灾督办。我记得四五年前天津一带确曾有过一回水灾，现在当然已经干了，而且连旱灾都已闹过了（虽然不在天津）。朋友说，中国的水灾是不会了的。黄河不是决口了么。这话的确不错，水灾督办诚然有存在的必要，而且照中国的情形看来，恐怕还非加入官制里去不可呢。

我在甘露旅馆买了一本《万松野人言善录》，这本书出了已经好几年，在我却是初次看见。我老实说，对于英先生的议论未能完全赞同，但因此引起我陈年的感慨，觉得要一新中国的人心，基督教实在是很适宜的。极少数的人能够以科学艺术或社会的运动去替代他宗教的要求，但在大多数是不可能的。

我想最好便以能容受科学的一神教把中国现在的野蛮残忍的多神——其实是拜物——教打倒，民智的发达才有点希望。不过有两大条件，要紧紧的守住：其一是这新宗教的神切不可与旧的神的观念去同化，以致变成一个西装的玉皇大帝；其二是切不可造成教阀，去妨害自由思想的发达。这第一第二的覆辙，在西洋历史上实例已经很多，所以非竭力免去不可。——但是，我们昏乱的国民久伏在迷信的黑暗里，既然受不住智慧之光的照耀，肯受这新宗教的灌顶么？不为传统所囚的大公无私的新宗教家，国内有几人呢？仔细想来，我的理想或者也只是空想；将来主宰国民的心的，仍旧还是那一班的鬼神妖怪罢！

我的行踪既然推广到了寺外，寺内各处也都已走到，只剩那可以听松涛的有名的塔上不曾去。但是我平常散步，总只在御诗碑的左近或是弥勒佛前面的路上。这一段泥路来回可一百步，一面走着，一面听着阶下龙嘴里的潺湲的水声，（这就是御制诗里的“清波绕砌湲”，）倒也很有兴趣。不过这清波有时要不“湲”，其时很是令人扫兴，因为后面有人把他截住了。这是谁做主的，我都不知道，大约总是有什么金鱼池的阔人们罢。他们要放水到池里去，便是汲水的人也只好等着，或是劳驾往水泉去，何况想听水声的呢！靠着这清波的一个朱门里，大约也是阔人，因为我看见他们搬来的前两天，有许多穷朋友头上顶了许多大安乐椅小安乐椅进去。

以前一个绘画的西洋人住着的时候，并没有什么门禁，东北角的墙也坍了，我常常去到那里望对面的山景和在溪滩积水中洗衣的女人们。现在可是截然的不同了，倒墙从新筑起，将真山关出门外，却在里面叫人堆上许多石头，（抬这些石头的人们，足足有三天，在我的窗前络绎的走过，）叫作假山，一面又在弥勒佛左手的路上筑起一堵泥墙，于是我真山固然望不见，便是假山也轮不到看。那些阔人们似乎以为四周非有墙包围着是不能住人的。我远望香山上迤逦的围墙，又想起秦始皇的万里长城，觉得我所推测的话并不是全无根据的。

还有别的见闻，我曾做了两篇《西山小品》，其一曰《一个乡民的死》，其二曰《卖汽水的人》，将他记在里面。但是那两篇是给日本的朋友们所办的一个杂志作的，现在虽有原稿留下，须等我自己把它译出方可发表。

九月三日，在西山
（1921年9月6日刊）

[附记]

《知堂回想录·西山养病》："在五月与九月之间——总给孙伏园写了六回的《山中杂信》，目的固然在于轻松滑稽，但是事实上不得做到，仍旧还回到烦杂的时事问题上来。"

济南道中之二

看着窗外的亮光从地面移在麦子上，从麦子移到树叶上，心里起了一种离奇的感觉，觉得似危险非危险，似平安非平安，似现实又似在做戏。

过了德州，下了一阵雨，天气顿觉凉快，天色也暗下来了。室内点上电灯，我向窗外一望，却见别有一片亮光照在树上地上，觉得奇异，同车的一位宁波人告诉我，这是后面护送的兵车的电光。我探头出去，果然看见末后的一辆车头上，西边各有一盏灯（这是我推想出来的，因为我看的只是一边，）射出光来，正如北京城里汽车的两只大眼睛一样。当初我以为既然是兵车的探照灯，一定是很大的，却正出于意料之外，它的光只照着车旁两三丈远的地方，并不能直照见树林中的贼踪。据那位买办所说，这是从去年故孙美瑶团长在临城做了那“算不得什么大事”之后新增的，似乎颇发生效力，这两道神光真吓退了沿路的毛贼，因为以后确不曾出过事，而且我于昨夜也已安抵济南了。但我总觉得好笑，这两点光照在火车的尾巴头，好像是夏夜的萤火，太富于诙谐之趣。我坐在车中，看着窗外的亮光从地面移在麦子上，从麦子移到树叶上，心里起了一种离奇的感觉，觉得似危险非危险，似平安非平安，似现实又似在做戏，仿佛眼看程咬金腰间插着两把纸糊大板斧在台上踱着时一样。我们平常有一句话，时时说起却很少实验到的，现在拿来应用，正相适合，——这便是所谓浪漫的境界。

十点钟到济南站后，坐洋车进城，路上看见许多店铺都已关门，——都上着“排门”，与浙东相似。我不能算是爱故乡的人，但见了这样的街市，却也觉得很是喜欢。有一次夏天，我从家里往杭州，因为河水干涸，船只能到牛屎滨，在早晨三四点钟的时分坐轿出发，通过萧山县城；那时所见街上的情形，很有点与这回相像。其实绍兴和南京的夜景也未尝不如此，不过徒步走过的印象与车上所见到底有些不同，所以叫不起联想来罢了。城里有好些地方也已改用玻璃门，同北京一样，这是我今天下午出去看来的。我不能说排门是比玻璃门更好，在实际上玻璃门当然比排门要便利得多。但由我旁观地看去，总觉得旧式的铺门较有趣味。玻璃门也自然可以有它的美观，可惜现在多未能顾到这一层，大都是粗劣潦草，如一切的新东西一样。旧房屋的粗拙，全体还有些调和，新式的却只见轻率凌乱这一点而已。

今天下午同四个朋友去游大明湖，从鹊华桥下船。这是一种“出坂船”似的长方的船，门窗做得很考究，船头有匾一块，文云：“逸兴豪情”，——我说船头，只因它形式似船头，但行驶起来，它却变了船尾，一个舟子便站在那里倒撑上去。他所用的家伙只是一支天然木的篙，不知是什么树，剥去了皮，很是光滑，树身却是弯来扭去的并不笔直；他拿了这件东西，能够使一只大船进退回旋无不如意，并且不曾遇见一点小冲撞，在我只知道使船用桨橹的人看了不禁着实惊叹。大明湖在《老残游记》里很有一段描写，我觉得写不出更好的文章来，而且你以前赴教育改进社年会时也曾到过，所以我可以不絮说了。我也同老残一样，走到历下亭铁公祠各处，但可惜不曾在明湖居听得白妞说梨花大鼓。我们又去看“大帅张少轩”捐资倡修的曾子固的祠堂，以及张公祠，祠里还挂有一幅他的“门下子婿”的长髯照相和好些“圣朝柱石”等等的孙公德政牌。随后又到北极祠去一看，照例是那些塑像，正殿右侧一个大鬼，一手倒提着一个小妖，一手掐着一个，神气非常活现，右脚下踏着一个女子，它的脚跟正落在腰间，把她踹得目瞪口呆，似乎喘不过气来，不知是到底犯了什么罪。大明湖的印象仿佛像南京的玄武湖，不过这湖是在城里，很是别致。清人铁保有一联云：“四面荷花三面柳，一城山色半城湖”，实在说得湖好（据老残说这是铁公祠大门的楹联，现今却已掉下，在亭堂内倚墙放着了），虽然我们这回看不到荷花，而且湖边渐渐地填为平地，面积大不如前；

水路也很窄狭，两旁变了私产，一区一区地用苇塘围绕，都是人家种蒲养鱼的地方，所以《老残游记》里所记千佛山倒影入湖的景象已经无从得见，至于“一声渔唱”尤其是听不到了。但是济南城里有一个湖，即使较前已经不如，总是很好的事，这实在可以代一个大公园，而且比公园更为有趣，于青年也很有益。我遇见好许多船的学生在湖中往来，比较中央公园里那些学生站在路边等看头发像鸡窠的女人要好得多多，——我并不一定反对人家看女人，不过那样看法未免令人见了生厌。这一天的湖逛得很快意，船中还有王君的一个三岁的小孩同去，更令我们喜悦。他从宋君手里要蒲桃干吃，每拿几颗例须唱一出歌加以跳舞，他便手舞足蹈唱“一二三四”给我们听，交换五六个蒲桃干，可是他后来也觉得麻烦，便提出要求，说“不唱也给我罢”。他是个很活泼可爱的小人儿，而且一口的济南话，我在他口中初次听到“俺”这一个字活用在言语里，虽然这种调子我们从北大徐君的话里早已听惯了。

六月一日，在“家家泉水户户垂杨”的济南城内

（1924 年 6 月 9 日刊）

济南道中之三

不知怎地，
总觉得自己是虚伪之块似的，
将眼睛闭上了。

六月二日午前，往工业学校看金线泉。这天正下着雨，我们乘暂时雨住的时候，踏着湿透的青草，走到石池旁边，照着老残的样子侧着头细看水面，却终于看不见那条金线，只有许多水泡，像是一串串的珍珠，或者还不如说水银的蒸汽，从石隙中直冒上来，仿佛是地下有几座丹灶在那里炼药。池底里长着许多植物，有竹有怕，有些不知名的花木，还有一株月季花，带着一个开过的花蒂：这些植物生在水底，枝叶青绿，如在陆上一样，到底不知道是怎么一回事。金线泉的邻近，有陈遵留客的投辖井，不过现在只是一个六尺左右的方池，辖虽还可以投，但是投下去也就可以取出来了。次到趵突泉，见大池中央有三股泉水向上喷涌，据《老残游记》里说翻出水面有二三尺高，我们看见却不过尺许罢了。池水在雨后颇是浑浊，也不曾流得“汩汩有声”，加上周围的石桥石路以及茶馆之类，觉得很有点像故乡的脂沟汇，——传说是越王宫女倾脂粉水，汇流此地，现在却俗称“猪狗汇”，是乡村航船的聚会地了。随后我们往商埠游公园，刚才进门雨又大下，在茶亭中坐了许久，等雨雾后再出来游玩。园中别无游客，容我们三人独占全园，也是极有趣味的事。公园本不很大，所以便即游了，里边又别无名胜古迹，一切都是人工的新设，但有一所大厅，门口悬着匾额，大书曰“畅趣游情，马良撰并书”，我却瞻仰了好久。我以前以为马良将军只是善于打什么拳的人，现在才知道也很有风雅的趣味，不得不陈谢我当初的疏忽了。

此外我不曾往别处游览，但济南这地方却已尽够中我的意了。我觉得北京也很好，只是太多风和灰土，济南则没有这些：济南很有江南的风味，但我所讨厌的那些东南的脾气似乎没有，（或未免有点速断？）所以是颇愉快的地方。然而因为端午将到，我不能不赶快回北京来，于是在五日午前二时终于乘了快车离开济南了。

我在济南四天，讲演了八次。范围题目都由我自己选定，本来已是自由极了，但是想来想去总觉得没有什么可讲，勉强拟了几个题目，都没有十分把握，至于所讲的话觉得不能句句确实，句句表现出真诚的气氛来，那是更不必说了。就是平常谈话，也常觉得自己有些话是虚空的，不与心情切实相应，说出时便即知道，感到一种恶心的寂寞，好像是嘴里尝到了肥皂。石川啄木的短歌之一云：

“不知怎地，
总觉得自己是虚伪之块似的，
将眼睛闭上了。”

这种感觉，实在经验了好许多次。在这八个题目之中，只有末了的“神话的趣味”还比较的好一点；这并非因为关于神话更有把握，只因世间对于这个问题很多误会，据公刊的文章上看来，几乎尚未有人加以相当的理解，所以我对于自己的意见还未开始怀疑，觉得不妨略说几句。我想神话的命运很有点与梦相似。野蛮人以梦为真，毕开化人以梦为兆，“文明人”以梦为幻，然而在现代学者的手里，却成为全人格之非意识的显现，神话也经过宗教的，“哲学的”以及“科学的”解释之后，由人类学者解救出来，还他原人文学的本来地位。中国现在有相信鬼神托梦魂魄入梦的人，有求梦占梦的人，有说梦是妖妄的人，但没有人去从梦里寻出他情绪的或感觉的分子，若是“满愿的梦”则更求其隐密的动机，为学术的探讨者，说及神话，非信受则排斥，其态度正是一样。我看许多反对神话的人虽然标榜科学，其实他的意思以为神话确有信受的可能，倘若不是竭力抗拒；这正如性意识很强的道学家之提倡戒色，实在是两极相遇了。真正科学家自己既不会轻信，也就不必专用攻击，只是平心静气地研究就得，所以怀疑与宽容是必要的精神，不然便是狂信者的态度，非耶者还是一种教徒，非孔者还是一种儒生，类例很多。即如近来反对太戈尔运动也是如此，他们自以为是科学思想与西方化，却缺少怀疑与宽容的精神，其实仍是东方式的攻击异端：倘若东方文化里有最大的毒害，这种专制的狂信必是其一了。不意话又说远了，与济南已经毫无关系，就此搁笔，至于神话问题，说来也嫌唠叨，改日面谈罢。

六月十日，在北京写

（1924 年 6 月 20 日刊）

苦雨

前天晚间据小孩们报告，前面院子里的积水已经离台阶不及一寸，夜里听着雨声，心里胡里胡涂地总是想水已上了台阶，浸入西边的书房里了。

伏园兄：

北京近日多雨，你在长安道上不知也遇到否，想必能增你旅行的许多佳趣。雨中旅行不一定是很愉快的，我以前在杭沪车上时常遇雨，每感困难，所以我于火车的雨不能感到什么兴味，但卧在乌篷船里，静听打篷的雨声，加上欸乃的橹声以及“靠塘来，靠下去”的呼声，却是一种梦似的诗境。倘若更大胆一点，仰卧在脚划小船内，冒雨夜行，更显出水乡住民的风趣，虽然较为危险，一不小心，拙劣地转一个身，便要使船底朝天。

二十多年前往东浦吊先父的保姆之丧，归途遇暴风雨，一叶扁舟在白鹅似的波浪中间滚过大树港，危险极也愉快极了。我大约还有好些“为鱼”时候——至少也是断发文身时候的脾气，对于水颇感到亲近，不过北京的泥塘似的许多“海”实在不很满意，这样的水没有也并不怎么可惜。

你往“陕半天”去似乎要走好两天的准沙漠路，在那时候倘若遇见风雨，大约是很舒服的，遥想你胡坐骡车中，在大漠之上，大雨之下，喝着四打之内的汽水，悠然进行，可以算是“不亦快哉”之一。但这只是我的空想，如诗人的理想一样地靠不住，或者你在骡车中遇雨，很感困难，正在叫苦连天也未可知，这须等你回京后问你再说了。

我住在北京，遇见这几天的雨，却叫我十分难过。北京向来少雨，所以不但雨具不很完全，便是家屋构造，于防雨亦欠周密。除了真正富翁以外，很少用实垛砖墙，大抵只用泥墙抹灰敷衍了事。近来天气转变，南方酷寒而北方淫雨，因此两方面的建筑上都露出缺陷。

一星期前的雨把后园的西墙淋坍，第二天就有“梁上君子”来摸索北房的铁丝窗，从次日起赶紧邀了七八位匠人，费两天工夫，从头改筑，已经成功十分八九，总算可以高枕而卧，前夜的雨却又将门口的南墙冲倒二三丈之谱。这回受惊的可不是我了，乃是川岛君“渠们”俩，因为“梁上君子”如再见光顾，一定是去躲在“渠们”的窗下窃听的了。为消除“渠们”的不安起来，一等天气晴正，急需大举地修筑，希望日子不至于很久，这几天只好暂时拜托川岛君的老弟费神代为警护罢了。

前天十足下了一夜的雨，使我夜里不知醒了几遍。北京除了偶然有人高兴放几个爆仗以外，夜里总还安静，那样哗喇哗喇的雨声在我的耳朵已经不很听惯，所以时常被它惊醒，就是睡着也仿佛觉得耳边粘着面条似的东西，睡的很不痛快。

还有一层，前天晚间据小孩们报告，前面院子里的积水已经离台阶不及一寸，夜里听着雨声，心里胡里胡涂地总是想水已上了台阶，浸入西边的书房里了。好容易到了早上五点钟，赤脚撑伞，跑到西屋一看，果然不出所料，水浸满了全屋，约有一寸深浅，这才叹了一口气，觉得放心了；倘若这样兴高采烈地跑去，一看却没有水，恐怕那时反觉得失望，没有现在那样的满足也说不定。

幸而书籍都没有湿，虽然是没有什么价值的东西，但是湿成一饼一饼的纸糕，也很是不愉快。现今水虽已退，还留下一种涨过大水后的普通的臭味，固然不能留客座谈，就是自己也不能在那里写字，所以这封信是在里边炕桌上写的。

这回的大雨，只有两种人最是喜欢。第一是小孩们。他们喜欢水，却极不容易得到，现在看见院子里成了河，便成群结队地去“蹚河”去。赤了足伸到水里去，实在很有点冷，但他们不怕，下到水里还不肯上来。大人见小孩们玩的有趣，也一个两个地加入，但是成绩却不甚佳，那一天里滑倒了三个人，其中两个都是大人，——其一为我的兄弟，其一是川岛君。

第二种喜欢下雨的则为虾蟆。从前同小孩们往高亮桥去钓鱼钓不着，只捉了好些虾蟆，有绿的，有花条的，拿回来都放在院子里，平常偶叫几声，在这几天里便整日叫唤，或者是荒年之兆，却极有田村的风味。

有许多耳朵皮嫩的人，很恶喧嚣，如麻雀虾蟆或蝉的叫声，凡足以妨碍他们的甜睡者，无一不痛恶而深绝之，大有欲灭此而午睡之意，我觉得大可以不必如此，随便听听都是很有趣味的，不但是这些久成诗料的东西，一切鸣声其实都可以听。虾蟆在水田里群叫，深夜静听，往往变成一种金属音，很是特别，又有时仿佛是狗叫，古人常称蛙蛤为吠，大约也是从实验而来。我们院子里的虾蟆现在只见花条的一种，它的叫声更不漂亮，只是“格格格”这个叫法，可以说是“革”音，平常自一声至三声，不会更多，唯在下雨的早晨，听它一口气叫上十二三声，可见它是实在喜欢极了。

这一场大雨恐怕在乡下的穷朋友是很大的一个不幸，但是我不曾亲见，单靠想像是不中用的，所以我不去虚伪地代为悲叹了。倘若有人说这所记的只是个人的事情，于人生无益，我也承认，我本来只想说个人的私事，此外别无意思。今天太阳已经出来，傍晚可以出外去游嬉，这封信也就不再写下去了。

我本等着看你的《秦游记》，现在却由我先写给你看，这也可以算是“意表之外”的事罢。

十三年七月十七日在京城书
（1924 年 7 月 22 日刊）

若子的病

花明年会开的，春天明年也会再来的，不妨等明年再看；我们今年幸而能够留住了别个一去将不复来的春光，我们也就够满足了。

《北京孔德学校旬刊》第二期于四月十一日出版，载有两篇儿童作品，其中之一是我的小女儿写的。

《晚上的月亮》

周若子

晚上的月亮，很大又很明。我的两个弟弟说："我们把月亮请下来，叫月亮抱我们到天上去玩。月亮给我们东西，我们很高兴。我们拿到家里给母亲吃，母亲也一定高兴。"

但是这张旬刊从邮局寄到的时候，若子已正在垂死状态了。她的母亲望着摊在席上的报纸又看昏沉的病人，再也没有什么话可说，只叫我好好地收藏起来，——做一个将来决不再寓目的纪念品。我读了这篇小文，不禁忽然想起六岁时死亡的四弟椿寿，他于得急性肺炎的前两三天，也是固执地向着佣妇追问天上的情形，我自己知道这都是迷信，却不能禁止我脊梁上不发生冰冷的奇感。

十一日的夜中，她就发起热来，继之以大吐，恰巧小儿用的摄氏体温表给小波波（我的兄弟的小孩）摔破了，土步君正出着第二次种的牛痘，把华氏的一具拿去应用，我们房里没有体温表了，所以不能测量热度，到了黎明从间壁房中拿表来一量，乃是四十度三分！八时左右起了痉挛，妻抱住了她，只喊说："阿玉惊了，阿玉惊了！"弟妇（即是妻的三妹）走到外边叫内弟起来，说："阿玉死了！"他惊起不觉坠落床下。这时候医生已到来了，诊察的结果说疑是"流行性脑脊髓膜炎"，虽然征候还未全具，总之是脑的故障，危险很大。十二时又复痉挛，这回脑的方面倒还在其次了，心脏中了霉菌的毒非常衰弱，以致血行不良，皮肤现出黑色，在臂上捺一下，凹下白色的痕好久还不回复。

这一日里，院长山本博士，助手蒲君，看护妇永井君白君，前后都到，山本先生自来四次，永井君留住我家，帮助看病。第一天在混乱中过去了，次日病人虽不见变坏，可是一昼夜以来每两小时一回的樟脑注射毫不见效，心脏还是衰弱，虽然热度已减至三八至九度之间。这天下午因为病人想吃可可糖，我赶往哈达门去买，路上时时为不祥的幻想所侵袭，直到回家看见毫无动静这才略略放心。

第三天是火曜日，勉强往学校去，下午三点半正要上课，听说家里有电话来叫，赶紧又告假回来，幸而这回只是梦吃，并未发生什么变化。夜中十二时山本先生诊后，始宣言性命可以无虑。十二日以来，经了两次的食盐注射，三十次以上的樟脑注射，身上拥着大小七个的冰囊，在七十二小时之末总算已离开了死之国土，这真是万幸的事了。

山本先生后来告诉川岛君说，那日曜日他以为一定不行的了。大约是第二天，永井君也走到弟妇的房里躲着下泪，她也觉得这小朋友怕要为了什么而辞去这个家庭了。但是这病人竟从万死中逃得一生，不知是那里来的力量。医呢，药呢，她自己或别的不可知之力呢？但我知道，如没有医药及大家的救护，她总是早已不存了。我若是一种宗派的信徒，我的感谢便有所归，而且当初的惊怖或者也可减少，但是我不能如此，我对于未知之力有时或感着惊异，却还没有致感谢的那么深密的接触。我现在所想致感谢者在人而不在自然。我很感谢山本先生与永井君的热心的帮助，虽然我也还不曾忘记四年前给我医治肋膜炎的劳苦。川岛斐君二君每日殷勤的访问，也是应该致谢的。

整整地睡了一星期，脑部已经渐好，可以移动，遂于十九日午前搬往医院，她的母亲和“姊姊”陪伴着，因为心脏尚须疗治，住在院里较为便利，省得医生早晚两次赶来诊察。现在温度复原，脉搏亦渐恢复，她卧在我曾经住过两个月的病室的床上，只靠着一个冰枕，胸前放着一个小冰囊，伸出两只手来，在那里唱歌。

妻同我商量，若子的兄姊十岁的时候，都花过十来块钱，分给用人并吃点东西当作纪念，去年因为筹不出这笔款，所以没有这样办，这回病好之后，须得设法来补做并以祝贺病愈。她听懂了这会话的意思，便反对说：“这样办不好。倘若今年做了十岁，那么明年岂不还是十一岁么？”我们听了不禁破颜一笑。唉，这个小小的情景，我们在一星期前哪里敢梦想到呢？

紧张透了的心一时殊不容易松放开来。今日已是若子病后的第十一日，下午因为稍觉头痛告假在家，在院子里散步，这才见到白的紫的丁香都已盛开，山桃烂漫得开始憔悴了，东边路旁爱罗先珂君回俄国前手植作为纪念的一株杏花已经零落净尽，只剩有好些绿蒂隐藏嫩叶的底下。春天过去了，在我们彷徨惊恐的几天里，北京这好像敷衍人似的短促的春光早已偷偷地走过去了。这或者未免可惜，我们今年竟没有好好地看一番桃杏花。但是花明年会开的，春天明年也会再来的，不妨等明年再看；我们今年幸而能够留住了别个一去将不复来的春光，我们也就够满足了。

今天我自己居然能够写出这篇东西来，可见我的凌乱的头脑也略略静定了，这也是一件高兴的事。

十四年四月二十二日雨夜

（1925 年 5 月 4 日刊）

蔼理斯的话

一切生活是一个建设与破坏，一个取进与付出，一个永远的构成作用与分解作用的循环。要正当地生活，我们须得模仿大自然的豪华与其严肃。

蔼理斯（Havelock Ellis）是我所最佩服的一个思想家，但是他的生平我不很知道，只看他自己说十五岁时初读斯温朋（Swinburne）的《日出前之歌》，计算大约生于一八五六年顷。我最初所见的是他的《新精神》，系《司各得丛书》之一，价一先令，近来收在美国的《现代丛书》里。其次是《随感录》及《断言》。这三种都是关于文艺思想的批评，此外有两性，犯罪，以及梦之研究，是专门的著述，都处处有他的对于文化之明智的批判，也是很可贵的。但其最大著作总要算是那六册的《性的心理研究》。这种精密的研究或者也还有别人能做，至于那样宽广的眼光，深厚的思想，实在是极不易得。我们对于这些学问原是外行人，但看了他的言论，得到不少利益，在我个人总可以确说，要比各种经典集合起来所给的更多。但是这样的思想，在道学家的群众面前，不特难被理解，而且当然还要受到迫害，所以这研究的第一卷出版，即被英国政府禁止发卖，后来改由美国的一个医学书局发行，才算能够出版。这部大著当然不是青年的读物，唯在常识完具的成人，看了必有好处；道学家在中国的流毒并不小于英国的清教思想，所以健全思想之养成是切要的事。

蔼理斯排斥宗教的禁欲主义，但以为禁欲亦是人性之一分子；欢乐与节制二者并存，且不相反而实相成；人有禁欲的倾向，即所以防欢乐的过量，并即以增欢乐的程度。他在《圣芳济与其他》一篇论文中曾说："有人以此二者（即禁欲与耽溺）之一为其生活的唯一目的者，其人将在尚未生活之前早已死了。有人先将其一推至极端，再转而之他，其人才真能了解人生是什么，日后将被记念为模范的圣徒。但是始终尊重这二重理想者，那才是知生活法的明智的大师。……一切生活是一个建设与破坏，一个取进与付出，一个永远的构成作用与分解作用的循环。要正当地生活，我们须得模仿大自然的豪华与其严肃。"他在上边又曾说道，"生活之艺术，其方法只在于微妙地混和取与舍二者而已"，很能简明的说出这个意思。

在《性的心理研究》第六卷跋文末尾有这两节话："有些人将以我的意见为太保守，有些人以为太偏激。世上总常有人很热心的想攀住过去，也常有人热心的想攫得他们所想象的未来。但是明智的人，站在二者之间，能同情于他们，却知道我们是永远在于过渡时代。在无论何时，现在只是一个交点，为过去与未来相遇之处，我们对于二者都不能有什么争向。不能有世界而无传统，亦不能有生命而无活动。正如赫拉克来多思（Herakleitos）在现代哲学的初期所说，我们不能在同一川流中入浴二次，虽然如我们在今日所知，川流仍是不断的回流。没有一刻无新的晨光在地上，也没有一刻不见日没。最好是闲静地招呼那熹微的晨光，不必忙乱地奔向前去，也不要对于落日忘记感谢那曾为晨光之垂死的光明。”

“在道德的世界上，我们自己是那光明使者，那宇宙的顺程即实现在我们身上。在一个短时间内，如我们愿意，我们可以用了光明去照我们路程的周围的黑暗。正如在古代火炬竞走——这在路克勒丢思（Lucretius）看来似是一切生活的象征——里一样，我们手里持炬，沿着道路奔向前去。不久就要有人从后面来，追上我们。我们所有的技巧，便在怎样的将那光明固定的炬火递在他的手内，我们自己就隐没到黑暗里去。”

这两节话我最喜欢，觉得是一种很好的人生观。《现代丛书》本的《新精神》卷首，即以此为题词，（不过第一节略短些，）或者说是蔼理斯的代表思想亦无不可。最近在《人生之舞蹈》的序里也有相类的话，大意云，赫拉克来多思云人不能在同一川流中入浴二次，但我们实在不得不承认一连续的河流，有同一的方向与形状。关于河中的常变不住的浴者，也可以同样的说。“因此，世界不但有变化，亦有统一，多之差异与一之固定保其平均。此所以生活必为舞蹈，因为舞蹈正是这样：永久的微微变化的动作，而与全体的形状仍不相乖忤。”

（上边的话，有说的不很清楚的地方，由于译文词不达意之故，其责全在译者。）

十三年二月

承张崧年君指示，知道蔼理斯是一八五九年生的，特补注于此。

十四年十月

（1924年2月23日刊）

中秋的月亮

“只恐琼楼玉宇，高处不胜寒”，东坡这句词很能写出明月的精神来。

敦礼臣著《燕京岁时记》云：“京师之曰八月节者，即中秋也。每届中秋，府第朱门皆以月饼果品相馈赠，至十五月圆时，陈瓜果于庭以供月，并祀以毛豆鸡冠花。是时也，皓魄当空，彩云初散，传杯洗盏，儿女喧哗，真所谓佳节也。惟供月时，男子多不叩拜，故京师谚曰，男不拜月，女不祭灶。”

此记作于四十年前，至今风俗似无甚变更，虽民生凋敝，百物较二年前超过五倍，但中秋吃月饼恐怕还不肯放弃，至于赏月则未必有此兴趣了罢。本来举杯邀月这只是文人的雅兴，秋高气爽，月色分外光明，更觉得有意思，特别定这日为佳节，若在民间不见得有多大兴味，大抵就是算账要紧，月饼尚在其次。

我回想乡间一般对于月亮的意见，觉得这与文人学者的颇不相同。普通称月曰月亮婆婆，中秋供素月饼水果及老南瓜，又凉水一碗，妇孺拜毕，以指蘸水涂目，祝曰眼目清凉。相信月中有娑婆树，中秋夜有一枝落下人间，此亦似即所谓月华，但不幸如落在人身上，必成奇疾，或头大如斗，必须斫开，乃能取出宝物也。月亮在天文中本是一种怪物，忽圆忽缺，诸多变异，潮水受他的呼唤，古人又相信其与女人生活有关。更奇的是与精神病者也有微妙的关系，拉丁文便称此病曰月光病，仿佛与日射病可以对比似的。这说法现代医家当然是不承认了，但是我还有点相信，不是说其间隔发作的类似，实在觉得月亮有其可怕的一面，患怔忡的人见了会生影响，正是可能的事罢。

好多年前夜间从东城回家来，路上望见在昏黑的天上挂着一钩深黄的残月，看去很是凄惨，我想我们现代都市人尚且如此感觉，古时原始生活的人当更如何？住在岩窟之下，遇见这种情景，听着豺狼嗥叫，夜鸟飞鸣，大约没有什么好的心情，——不，即使并无这些禽兽骚扰，单是那月亮的威吓也就够了，他简直是一个妖怪，别的种种异物喜欢在月夜出现，这也只是风云之会，不过跑龙套罢了。

等到月亮渐渐的圆了起来，他的形相[1]也渐和善了，望前后的三天光景几乎是一位富翁的脸，难怪能够得到许

[1] 形相：形态相貌。

多人的喜悦，可是总是有一股冷气，无论如何还是去不掉的。“只恐琼楼玉宇，高处不胜寒”，东坡这句词很能写出明月的精神来，向来传说的忠爱之意究竟是否寄托在内，现在不关重要，可以姑且不谈。总之我于赏月无甚趣味，赏雪赏雨也是一样，因为对于自然还是畏过于爱，自己不敢相信已能克服了自然，所以有些文明人的享乐是于我颇少缘分的。中秋的意义，在我个人看来，吃月饼之重要殆过于看月亮，而还账又过于吃月饼，然则我诚犹未免为乡人也。

（1940 年 9 月 16 日刊）

风的话

白杨多悲风，萧萧愁杀人。这萧萧的声音我却是欢喜，在北京所听的风声中要算是最好的。

北京多风，时常想写一篇小文章讲讲他。但是一拿起笔，第一想到的便是大块噫气这些话，不觉索然兴尽，又只好将笔搁下。近日北京大刮其风，不但三日两头的刮，而且一刮往往三天不停，看看妙峰山的香市将到了，照例这半个月里是不大有什么好天气的，恐怕书桌上沙泥粒屑，一天里非得擦几回不可的日子还要暂时继续，对于风不能毫无感觉，不管是好是坏，决意写了下来。

说到风的感想，重要的还是在南方，特别是小时候在绍兴所经历的为本，虽然觉得风颇有点可畏，却并没有什么可以嫌恶的地方。绍兴是水乡，到处都是河港，交通全用船，道路铺的是石板，在二三十年前还是没有马路。因为这个缘故，绍兴的风也就有他的特色。这假如说是地理的，此外也有一点天文的关系。绍兴在夏秋之间时常有一种龙风，这是在北京所没有见过的。时间大抵是在午后，往往是很好的天气，忽然一朵乌云上来，霎时天色昏黑，风暴大作，在城里说不上飞沙走石，总之是竹木摧折，屋瓦整叠的揭去，哗喇喇的掉在地下，所谓把井吹出篱笆外的事情也不是没有。若是在外江内河，正坐在船里的人，那自然是危险了，不过撑蜑船的老大们大概多是有经验的，他们懂得占候，会看风色，能够预先防备，受害或者不很大，说到危险倒还是内河的船，特别是小船，危险性最大。

龙风本不是年年常有，就是发生也只是短时间，不久即过去了，记得《老子》上说过，“飘风不终朝，骤雨不终日，孰为此者天地，天地尚不能久，而况于人乎。”这话说得很好，此本是自然的纪律，虽然应用于人类的道德也是适合。下龙风一二等的大风却是随时多有，大中船不成问题，在小船也还不免危险。我说小船，这是指所谓踏桨船，从前在《乌篷船》那篇小文中有云：

“小船则真是一叶扁舟，你坐在船底席上，篷顶离你的头有两三寸，你的两手可以搁在左右的舷上，还把手掌都露出在外边。在这种船里仿佛是在水面上坐，靠近田岸去时便和你的眼鼻接近，而且遇着风浪，或是坐得稍不小心，就会船底朝天，发生危险，但是也颇有趣味，是水乡的一种特色。”

陈昼卿《海角行吟》中有诗题曰《踏桨船》，小注云，“船长丈许，广三尺，坐卧容一身，一人坐船尾，以足踏桨行如飞，向惟越人用以狎潮渡江，今江淮人并用之以代急足。”这里说明船的大小，可以作为补足，但还得添一句，即舟人用一桨一楫，无舵，以楫代之。船的容量虽小，但其危险却并不在这小的一点上，因为还有一种划划船，更窄而浅，没有船篷，不怕遇风倾覆，所以这小船的危险乃是因有篷而船身较高之故。

在庚子的前一年，我往东浦去吊先君的保姆之丧，坐小船过大树港，适值大风，望见水面波浪如白鹅乱窜，船在浪上颠簸起落，如走游木，舟人竭力支撑，驶入汊港，始得平定，据说如再颠一刻，不倾没也将破散了。

这种事情是常会有的，约十年后我的大姑母来家拜忌日，午后回吴融村去，小船遇风浪倾覆，遂以溺死。我想越人古来断发文身，入水与蛟龙斗，干惯了这些事，活在水上，死在水里，本来是觉悟的，俗语所谓“瓦罐不离井上破”，是也。我们这班人有的是中途从别处迁移去的，有的虽是土著，经过二千余年的岁月，未必能多少保存长颈鸟喙的气象，可是在这地域内住了好久，如范少伯所说，鼋鼍鱼鳖之与处而蛙黾之与同陼，自然也就与水相习，养成了这一种态度。

辛丑以后我在江南水师学堂做学生，前后六年不曾学过游泳，本来在鱼雷学堂的旁边有一个池，因为有两个年幼的学生不慎淹死在里边，学堂总办就把池填平了，等我进校的时候那地方已经改造了三间关帝庙，住着一个老更夫，据说是打长毛立过功的都司。我年假回乡时遇见人问，你在水师当然是会游水吧。我答说，不。为什么呢？因为我们只是在船上时有用，若是落了水就不行了，还用得着游泳么。这回答一半是滑稽，一半是实话，没有这个觉悟怎么能去坐那小船呢。

上边我说在家乡就只怕坐小船遇风，可是如今又似乎翻船并不在乎，那么这风也不怎么可畏了。其实这并不尽然。风总还是可怕的，不过水乡的人既要以船为车，就不大顾得淹死与否，所以看得不严重罢了。

除此以外，风在绍兴就不见得有什么讨人嫌的地方，因为他并不扬尘，街上以至门内院子里都是石板，刮上一天风也吹不起尘土来，白天只听得邻家的淡竹林的摩戛声，夜里北面楼窗的板门格答格答的作响，表示风的力量，小时候熟习的记忆现在回想起来，倒还觉得有点有趣。

后来离开家乡，在东京随后在北京居住，才感觉对于风的不喜欢。本乡三处的住宅都有板廊，夏天总是那么沙泥粒屑，便是给风刮来的，赤脚踏上去觉得很不愉快，桌子上也是如此，伸纸摊书之前非得用手摸一下不可，这种经验在北京还是继续着，所以成了习惯，就是在不刮风的日子也会这样做。

北京还有那种蒙古风，仿佛与南边的所谓落黄沙相似，刮得满地满屋的黄土，这土又是特别的细，不但无孔不入，便是用本地高丽纸糊好的门窗格子也挡不住，似乎能够从那帘纹的地方穿透过去。平常大风的时候，空中呼呼有声，古人云，春风狂似虎，或者也把风声说在内，听了觉得不很愉快。古诗有云，白杨多悲风，萧萧愁杀人。这萧萧的声音我却是欢喜，在北京所听的风声中要算是最好的。在前院的绿门外边，西边种了一棵柏树，东边种了一棵白杨，或者严格的说是青杨，如今十足过了廿五个年头，柏树才只拱把，白杨却已长得合抱了。前者是常青树，冬天看了也好看，后者每年落叶，到得春季长出成千万的碧绿大叶，整天的在摇动着，书本上说他无风自摇，其实也有微风，不过别的树叶子尚未吹动，白杨叶柄特别细，所以就颤动起来了。

戊寅以前老友饼斋常来寒斋夜谈，听见墙外瑟瑟之声，辄惊问曰，下雨了吧，但不等回答，立即省悟，又为白杨所骗了。戊寅春初饼斋下世，以后不复有深夜谈天的事，但白杨的风声还是照旧可听，从窗里望见一大片的绿叶也觉得很好看。关于风的话现在可说的就只是这一点，大概风如不和水在一起这固无可畏，却也就没有什么意思了。

阴历三月末日

（1945 年 5 月 11 日作）

雨的感想

整夜的听雨声不绝，固然是一种喧嚣，却也可以说是一种萧寂，或者感觉好玩也无不可，总之不会得使人忧虑的。

今年夏秋之间北京的雨下的不太多，虽然在田地里并不旱干，城市中也不怎么苦雨，这是很好的事。北京一年间的雨量本来颇少，可是下得很有点特别，他把全年份的三分之二强在六七八月中间落了，而七月的雨又几乎要占这三个月份总数的一半。照这个情形说来，夏秋的苦雨是很难免的。在民国十三年和二十七年，院子里的雨水上了阶沿，进到西书房里去，证实了我的苦雨斋的名称，这都是在七月中下旬，那种雨势与雨声想起来也还是很讨嫌，因此对于北京的雨我没有什么好感，像今年的雨量不多，虽是小事，但在我看来自然是很可感谢的了。

不过讲到雨，也不是可以一口抹杀，以为一定是可嫌恶的。这须得分别言之，与其说时令，还不如说要看地方而定。在有些地方，雨并不可嫌恶，即使不必说是可喜。囫囵的说一句南方，恐怕不能得要领，我想不如具体的说明，在到处有河流，满街是石板路的地方，雨是不觉得讨厌的，那里即使会涨大水，成水灾，也总不至于使人有苦雨之感。

我的故乡在浙东的绍兴，便是这样的一个好例。在城里，每条路差不多有一条小河平行着，其结果是街道上桥很多，交通利用大小船只，民间饮食洗濯依赖河水，大家才有自用井，蓄雨水为饮料。河岸大抵高四五尺，下雨虽多尽可容纳，只有上游水发，而闸门淤塞，下流不通，成为水灾，但也是田野乡村多受其害，城里河水是不至于上岸的。因此住在城里的人遇见长雨，也总不必担心水会灌进屋子里来，因为雨水都流入河里，河固然不会得满，而水能一直流去，不至停住在院子或街上者，则又全是石板路的关系。我们不曾听说有下水沟渠的名称，但是石板路的构造仿佛是包含有下水计划在内的，大概石板底下都用石条架着，无论多少雨水全由石缝流下，一总到河里去。人家里边的通路以及院子即所谓明堂也无不是石板，室内才用大方砖砌地，俗名曰地平。

在老家里有一个长方的院子，承受南北两面楼房的雨水，即使下到四十八小时以上，也不见他停留一寸半寸的水，现在想起来觉得很是特别。秋季长雨的时候，睡在一间小楼上或是书房内，整夜的听雨声不绝，固然是一种喧嚣，却也可以说是一种萧寂，或者感觉好玩也无不可，总之不会得使人忧虑的。吾家濂溪先生有一首《夜雨书窗》的诗云：

秋风扫暑尽，半夜雨淋漓。
绕屋是芭蕉，一枕万响围。
恰似钓鱼船，篷底睡觉时。

这诗里所写的不是浙东的事，但是情景大抵近似，总之说是南方的夜雨是可以的吧。在这里便很有一种情趣，觉得在书室听雨如睡钓鱼船中，倒是很好玩似的。下雨无论久暂，道路不会泥泞，院落不会积水，用不着什么忧虑，所有的唯一的忧虑只是怕漏。大雨急雨从瓦缝中倒灌而入，长雨则瓦都湿透了，可以浸润缘入，若屋顶破损，更不必说，所以雨中搬动面盆水桶，罗列满地，承接屋漏，是常见的事。民间故事说不怕老虎只怕漏，生出偷儿和老虎猴子的纠纷来，日本也有虎狼古屋漏的传说，可见此怕漏的心理分布得很是广远也。

下雨与交通不便本是很相关的，但在上边所说的地方也并不一定如此。一般交通既然多用船只，下雨时照样的可以行驶，不过篷窗不能推开，坐船的人看不到山水村庄的景色，或者未免气闷，但是闭窗坐听急雨打篷，如周濂溪所说，也未始不是有趣味的事。再说舟子，他无论遇见如何的雨和雪，总只是一蓑一笠，站在后艄摇他的橹，这不要说什么诗味画趣，却是看去总毫不难看，只觉得辛劳质朴，没有车夫的那种拖泥带水之感。

还有一层，雨中水行同平常一样的平稳，不会像陆行的多危险，因为河水固然一时不能骤增，即使增涨了，如俗语所云，水涨船高，别无什么害处，其唯一可能的影响乃是桥门低了，大船难以通行，若是一人两桨的小船，还是往来自如。水行的危险盖在于遇风，春夏间往往于晴明的午后陡起风暴，中小船只在河港阔大处，又值舟子缺少经验，易于失事，若是雨则一点都不要紧也。坐船以外的交通方法还有步行。雨中步行，在一般人想来总是很困难的吧，至少也不大愉快。在铺着石板路的地方，这情形略有不同。因为是石板路的缘故，既不积水，亦不泥泞，行路困难已经几乎没有，余下的事只须防湿便好，这有雨具就可济事了。

从前的人出门必带钉鞋雨伞，即是为此，只要有了雨具，又有脚力，在雨中要走多少里都可随意，反正地面都是石板，城坊无须说了，就是乡村间其通行大道至少有一块石板宽的路可走，除非走入小路岔道，并没有泥泞难行的地方。本来防湿的方法最好是不怕湿，赤脚穿草鞋，无往不便利平安，可是上策总难实行，常人还只好穿上钉鞋，撑了雨伞，然后安心的走到雨中去。

我有过好多回这样的在大雨中间行走，到大街里去买吃食的东西，往返就要花两小时的工夫，一点都不觉得有什么困难。最讨厌的还是夏天的阵雨，出去时大雨如注，石板上一片流水，很高的钉鞋齿踏在上边，有如低板桥一般，倒也颇有意思，可是不久云收雨散，石板上的水经太阳一晒，随即干涸，我们走回来时把钉鞋踹在石板路上嘎啷嘎啷的响，自己也觉得怪寒伧的，街头的野孩子见了又要起哄，说是旱地乌龟来了。这是夏日雨中出门的人常有的经验，或者可以说是关于钉鞋雨伞的一件顶不愉快的事情吧。

以上是我对于雨的感想，因了今年北京夏天不大下雨而引起来的。但是我所说的地方的情形也还是民国初年的事，现今一定很有变更，至少路上石板未必保存得住，大抵已改成蹩脚的马路了吧。那么雨中步行的事便有点不行了，假如河中还可以行船，屋下水沟没有闭塞，在篷底窗下可以平安的听雨，那就已经是很可喜幸的了。

民国甲申，八月处暑节
（1944 年 10 月 1 日刊）

俺的春天

我们埋在俗尘里碌碌度日，却说些吉祥话庆祝新年，大似唱发财的乞人的口吻，觉得很是无聊。

我在《歌咏儿童的文学》里，最初见到小林一茶的俳文集《俺的春天》，但是那里所选的文章只是关于儿童的几节，并非全本，后来在中村编的《一茶选集》里才看见没有缺字的全文。第一节的末尾说：

“我们埋在俗尘里碌碌度日，却说些吉祥话庆祝新年，大似唱发财的乞人的口吻，觉得很是无聊。强风吹来就会飞去的陋室还不如仍他陋室的面目，不插门松，也不扫尘埃，一任着雪山路的曲折，今年的正月也只信托着你[1]去迎接新春罢。

（后附俳句，下同）

恭喜也只是中通罢了，俺的春天。”

[1] 你系指释迦。

本书的题名即从这里出来的，下署文政二年，当公历一八一九年顷，是年夏间所记最有名的两节文章，都是关于他的女儿聪女的，今摘译其一部分。

“去年夏天种竹日左右，诞生到这多忧患的浮世来的女儿，愚鲁而望其聪敏，因命名曰聪。今年周岁以来，玩着点窝螺，打哇哇，摇头的把戏，见了别的小孩，拿着风车，喧闹着也要，拿来给她的时候，便即放在嘴里吮过舍去，丝毫没有顾惜，随即去看别的东西，把近旁的饭碗打破，但又立刻厌倦，嗤嗤的撕纸障上的薄纸，大人称赞说乖呀乖呀，她就信以为真，哈哈的笑着更是竭力的去撕。心里没有一点尘翳，如满月之清光皎洁，见了正如看幼稚的俳优，很能令人心舒畅。人家走来，问汪汪那里，便指着狗；问呀呀那里，便指着乌鸦：这些模样，真是从口边到足尖，满是娇媚，非常可爱，可以说是比蝴蝶之戏春草更觉得柔美了。……”

但是不久这聪女患天然痘，忽然的死了，一茶在《俺的春天》里记着一节很悲哀的文章，其末尾云：

“……她遂于六月二十一日与蕣花同谢此世。母亲抱着死儿的脸荷荷的大哭，这也是当然的了。到了此刻虽然明知逝水不归，落花不再返枝，但无论怎样达观，终于难以断念的，正是这恩爱的羁绊。

露水的世，虽然是露水的世，虽然是这样。”

书中还有许多佳篇，可以见作者的性情及境遇者，今译录几节于后。

“没有母亲的小孩，随处可以看出来：衔着指头，站在大门口！这样的被小孩们歌唱，我那时觉得非常胆怯，不大去和人们接近，只是躲在后园里叠着的柴草堆下，过那长的日子。虽然是自己的事情，也觉得很是可哀。

同我来游嬉罢，没有母亲的雀儿！——六岁时作。”

“为男子所嫌弃，住在母家的女人，想一见自己儿子的初次五月节[2]，但是在白昼因为看见的人太多，如诗中所说，

（作诗的女人姓名不详）

被休的门外，夜间眺望的鲤帜！”

父母思子的真情，听了煞是可哀。能柔和那狞猛的武士之心者，大约就是这样的真心罢，即使是怎样无情的男子，倘若偶尔听到，也或者再叫她回去罢。

“紫之里附近，或捕得一窠同炭团一样黑的小鸟，关在笼里，这天晚间有母鸟整夜的在屋上啼叫，作此哀之。

[2] 古俗，端午前有男孩的家庭在院中立高竿，悬鲤鱼帜，以为庆祝，称五月节句，此风至此犹存。

思子之情呵，暗夜里‘可爱可爱’地，声音叫哑了彻夜的啼着！”

这一首是仿和歌体的“狂歌”，大抵多含滑稽或双关的字句，这里“可爱可爱”兼关鸦的叫声，叫哑一字兼关乌鸦，现在用哑鸦同音，姑且敷衍过去，但是原来的妙趣总不免失掉了。

“二十七日晴。老妻早起烧饭，便听得东邻的园右卫门在那里舂年糕，心想大约是照例要送来的，冷了不好吃，须等他勃勃地发热气的时候赏鉴才好，来了罢来了罢的等了好久，饭同冰一样的冷掉了，年糕终于不来。

我家的门口，像煞是要来的样子，那分送的年糕。”

一茶的俳句在日本文学史是独一无二的作品，可以说是前无古人，大约也不妨说后无来者的。他的特色是在于他的所谓小孩子气。这在他的行事和文章上一样明显的表示出来，一方面是天真烂漫的稚气，一方面却又是倔强皮赖，容易闹脾气的：因为这两者本是小孩的性情，不足为奇，而且他又是一个继子，这更使他的同情与反感愈加深厚了。关于他的事情，我有一篇文章登在年前的《小说月报》上，现在不复多说；本篇里译文第三四节系从那里取来的，但是根据完善的原本有两处新加订正了。

（1923 年 2 月 14 日刊）

活出本我

百余年前日本有一个艺术家是精通茶道的，有一回去旅行，每到驿站必取出茶具，悠然的点起茶来自喝。有人规劝他说，行旅中何必如此，他答得好：“行旅中难道不是生活么？”这样想的人才真能尊重并享乐他的生活。

沉默

老实说，我觉得人之互相理解是至难——即使不是不可能的事，而表现自己之真实的感情思想也是同样地难。

林玉堂（即林语堂）先生说，法国一个演说家劝人缄默，成书三十卷，为世所笑，所以我现在做讲沉默的文章，想竭力节省，以原稿纸三张为度。

提倡沉默从宗教方面讲来，大约很有材料，神秘主义里很看重沉默，美忒林克便有一篇极妙的文章。但是我并不想这样做，不仅因为怕有拥护宗教的嫌疑，实在是没有这种知识与才力。现在只就人情世故上着眼说一说罢。

沉默的好处第一是省力。中国人说，多说话伤气，多写字伤神。不说话不写字大约是长生之基，不过平常人总不易做到。那么一时的沉默也就很好，于我们大有裨益。三十小时草成一篇宏文，连睡觉的时光都没有，第三天必要头痛；演说家在讲台上呼号两点钟，难免口干喉痛，不值得甚矣。若沉默，则可无此种劳苦，——虽然也得不到名声。

沉默的第二个好处是省事。古人说“口是祸门”，关上门，贴上封条，祸便无从发生，（“闭门家里坐，祸从天上来”，那只算是“空气传染”，又当别论，）此其利一。自己想说服别人，或是有所辩解，照例是没有什么影响，而且愈说愈是渺茫，不如及早沉默，虽然不能因此而说服或辩明，但至少是不会增添误会。又或别人有所陈说，在这面也照例不很能理解，极不容易答复，这时候沉默是适当的办法之一。古人说不言是最大的理解，这句话或者有深奥的道理，据我想则在我至少可以藏过不理解，而在他也就可以有猜想被理解了之自由。沉默之好处的好处，此其二。

善良的读者们，不要以我为太玩世（Cynical）了罢？老实说，我觉得人之互相理解是至难——即使不是不可能的事，而表现自己之真实的感情思想也是同样地难。我们说话作文，听别人的话，读别人的文，以为互相理解了，这是一个聊以自娱的如意的好梦，好到连自己觉到了的时候也还不肯立即承认，知道是梦了却还想在梦境中多流连一刻。其实我们这样说话作文无非只是想这样做，想这样聊以自娱，如其觉得没有什么可娱，那么尽可简单地停止。我们在门外草地上翻几个筋斗，想象那对面高楼上的美人看着，（明知她未必看见，）很是高兴，是一种办法；反正她不会看见，不翻筋斗了，且卧在草地上看云罢，这也是一种办法。两者都是对的，我这回是在做第二个题目罢了。

我是喜翻筋斗的人，虽然自己知道翻得不好。但这也只是不巧妙罢了，未必有什么害处，足为世道人心之忧。不过自己的评语总是不大靠得住的，所以在许多知识阶级的道学家看来，我的筋斗都翻得有点不道德，不是这种姿势足以坏乱风俗，便是这个主意近于妨害治安。这种情形在中国可以说是意表之内的事，我们并不想因此而变更态度，但如民间这种倾向到了某一程度，翻筋斗的人至少也应有想到省力的时候了。

三张纸已将写满，这篇文应该结束了。我费了三张纸来提倡沉默，因为这是对于现在中国的适当办法。——然而这原来只是两种办法之一，有时也可以择取另一办法：高兴的时候弄点小把戏，“藉资排遣”。将来别处看有什么机缘，再来噪聒，也未可知。

十三年七月二十日
（1924 年 7 月 23 日刊）

死之默想

仙人活了二百万岁也只抵得人间的四十春秋，这样浪费时间无裨实际的生活，殊不值得费尽了心机去求得他；倘若二百万年后劫波到来，就此溘然，将被五十岁的凡夫所笑。

四世纪时希腊厌世诗人巴拉达思作有一首小诗道，

（Polla laleis，anthrope——Palladas）
“你太饶舌了，人呵，不久将睡在地下；
住口罢，你生存时且思索那死。”

这是很有意思的话。关于死的问题，我无事时也曾默想过，（不坐在树下，大抵是在车上，）可是想不出什么来，——这或者因为我是个“乐天的诗人”的缘故吧？但其实我何尝一定崇拜死，有如曹慕管君，不过我不很能够感到死之神秘，所以不觉得有思索十日十夜之必要，于形而上的方面也就不能有所饶舌了。

窃察世人怕死的原因，自有种种不同，“以愚观之”可以定为三项，其一是怕死时的苦痛，其二是舍不得人世的快乐，其三是顾虑家族。苦痛比死还可怕，这是实在的事情。十多年前有一个远房的伯母，十分困苦，在十二月底想投河寻死，（我们乡间的河是经冬不冻的，）但是投了下去，她随即走了上来，说是因为水太冷了。有些人要笑她痴也未可知，但这却是真实的人情。倘若有人能够切实保证，诚如某生物学家所说，被猛兽咬死痒苏苏地很是愉快，我想一定有许多人裹粮入山去投身饲饿虎的了。可惜这一层不能担保，有些对于别项已无留恋的人因此也就不得不稍为踌躇了。

顾虑家族，大约是怕死的原因中之较小者，因为这还有救治的方法。将来如有一日，社会制度稍加改良，除施行善种的节制以外，大家不向老幼可以各尽所能，各取所需，凡平常衣食住，医药教育，均由公给，此上更好的享受再由个人的努力去取得，那么这种顾虑就可以不要，便是夜梦也一定平安得多了。不过我所说的原是空想，实现还不知在几十百年之后，而且到底未必实现也说不定，那么这也终是远水不救近火，没有什么用处。比较确实的办法还是设法发财，也可以救济这个忧虑。为得安闲的死而求发财，倒是很高雅的俗事，只是发财不大容易，不是我们都能做的事，况且天下之富人有了钱便反死不去，则此法亦颇有危险也。

人世的快乐自然是很可贪恋的，但这似乎只在青年男女才深切地感到，像我们将近“不惑”的人，尝过了凡人的苦乐，此外别无想做皇帝的野心，也就不觉得还有舍不得的快乐。我现在的快乐只是想在闲时喝一杯清茶，看点新书，（虽然近来因为政府替我们储蓄，手头只有买茶的钱，）无论他是讲虫鸟的歌唱，或是记贤哲的思想，古今的刻绘，都足以使我感到人生的欣幸。然而朋友来谈天的时候，也就放下书卷，何况“无私神女”（Atropos）的命令呢？我们看路上许多乞丐，都已没有生人乐趣，却是苦苦的要活着，可见快乐未必是怕死的重大原因，或者舍不得人世的苦辛也足以叫人留恋这个尘世罢。讲到他们，实在已是了无牵挂，大可“来去自由”，实际却不能如此，倘若不是为了上边所说的原因，一定是因为怕河水比彻骨的北风更冷的缘故了？

对于“不死”的问题，又有什么意见呢？因为少年时当过五六年的水兵，头脑中多少受了唯物论的影响，总觉得造不起“不死”这个观念来，虽然我很喜欢听荒唐的神话。即使照神话故事所讲，那种长生不老的生活我也一点儿都不喜欢。住在冷冰冰的金门玉阶的屋里，吃着五香牛肉一类的麟肝凤脯，天天游手好闲，不在松树下着棋，便同金童玉女厮混，也不见得有什么趣味，况且永远如此，更是单调而且困倦了。又听人说，仙家的时间是与凡人不同的，诗云“山中方七日，世上已千年，”所以烂柯山下的六十年在棋边只是半个时辰耳，哪里会有日子太长之感呢？但是由我看来，仙人活了二百万岁也只抵得人间的四十春秋，这样浪费时间无裨实际的生活，殊不值得费尽了心机去求得他；倘若二百万年后劫波到来，就此溘然，将被五十岁的凡夫所笑。较好一点的还是那西方凤鸟（Phoenix）的办法，活上五百年，便尔蜕去，化为幼凤，这样的轮回倒很好玩的，——可惜他们是只此一家，别人不能仿作。大约我们还只好在这被容许的时光中，就这平凡的境地中，寻得些须的安闲悦乐，即是无上幸福：至于“死后，如何？”的问题，乃是神秘派诗人的领域，我们平凡人对于成仙做鬼都不关心，于此自然就没有什么兴趣了。

十三年十二月
（1924 年 12 月 22 日刊）

买墨小记

墨原非佳品，总也可以当墨玩了，何况多是先哲乡贤的手泽，岂非很好的小古董乎。

我的买墨是压根儿不足道的。不但不曾见过邵格之，连吴天章也都没有，怎么够得上说墨，我只是买一点儿来用用罢了。我写字多用毛笔，这也是我落伍之一，但是习惯了不能改，只好就用下去，而毛笔非墨不可，又只得买墨。本来墨汁是最便也最经济的，可是胶太重，不知道用的什么烟，难保没有“化学”的东西，写在纸上常要发青，写稿不打紧，想要稍保存的就很不合适了。买一锭半两的旧墨，磨来磨去也可以用上一个年头，古人有言，非人磨墨墨磨人，似乎感慨系之，我只引来表明墨也很禁用，并不怎么不上算而已。

买墨为的是用，那么一年买一两半两就够了。这话原是不错的，事实上却不容易照办，因为多买一两块留着玩玩也是人情之常。据闲人先生在《谈用墨》中说，“油烟墨自光绪五年以前皆可用。”凌宴池先生的《清墨说略》曰，“墨至光绪二十年，或曰十五年，可谓遭亘古未有之浩劫，盖其时矿质之洋烟输入，……墨法遂不可复问。”

所以从实用上说，“光绪中叶”以前的制品大抵就够我们常人之用了，实在我买的也不过光绪至道光的，去年买到几块道光乙未年的墨，整整是一百年，磨了也很细黑，觉得颇喜欢，至于乾嘉诸老还未敢请教也。这样说来，墨又有什么可玩的呢？道光以后的墨，其字画雕刻去古益远，殆无可观也已，我这里说玩玩者乃是别一方面，大概不在物而在人，亦不在工人而在主人，去墨本身已甚远而近于收藏名人之著书矣。

我的墨里最可纪念的是两块“曲园先生著书之墨”，这是民廿三春间我做那首“且到寒斋吃苦茶”的打油诗的时候平伯送给我的。墨的又一面是春在堂三字，印文曰程氏掬庄，边款曰，光绪丁酉仲春鞠庄精选清烟。

其次是一块圆顶碑式的松烟墨，边款曰，鉴莹斋珍藏。正面篆文一行云，同治九年正月初吉，背文云，绩溪胡甘伯会稽的把抝叔校经之墨，分两行写，为赵手笔。赵君在《谪麟堂遗集》叙目中云，“岁在辛未，余方入都居同岁生胡甘伯寓屋”，即同治十年，至次年壬申而甘伯死矣。赵君有从弟为余表兄，乡俗亦称亲戚，余生也晚，乃不及见。

小时候听祖父常骂赵益甫，与李莼客在日记所骂相似，盖诸公性情有相似处故反相克也。

近日得一半两墨，形状凡近，两面花边作木器纹，题曰，会稽扁舟子著书之墨，背曰，徽州胡开文选烟，边款云，光绪七年。扁舟子即范寅，著有《越谚》共五卷，今行于世。其《事言日记》第三册中光绪四年戊寅纪事云：

“元旦，辛亥。巳初书红，试新模扁舟子著书之墨，甚坚细而佳，惟新而腻，须俟三年后用之。”盖即与此同型，唯此乃后年所制者耳。日记中又有丁丑十二月初八日条曰：

“陈槐亭曰，前月朔日营务处朱懋勋方伯明亮回省言，禹庙有联系范某撰书并跋者，梅中承见而赞之，朱方伯保举范某能造轮船，中垂嘱起稿云云，子有禹庙联乎，果能造轮船乎？应曰，皆是也。”

范君用水车法以轮进舟，而需多人脚踏，其后仍改用篙橹，甲午前后曾在范君宅后河中见之，盖已与普通的“四明瓦”无异矣。

前所云一百年墨共有八锭，篆文曰，墨缘堂书画墨，背曰，蔡友石珍藏，边款云，道光乙未年汪近圣造。又一枚稍小，篆文相同，背文两行曰，一点如漆，百年如石，下云，友石清赏，边款云，道光乙未年三月。甘实庵《白下琐言》卷三云：

“蔡友石太仆世松精鉴别，收藏尤富，归养家居，以书画自娱，与人评论娓娓不倦。所藏名人墨迹，钩摹上石，为墨缘堂帖，真信而好占矣。”此外在《金陵词钞》中见有词几首。关于蔡友石所知有限，今看见此墨却便觉得非陌生人，仿佛有一种缘分也。货布墨五枚，形与文均如之，背文二行曰，斋谷山人属胡开文仿古，边款云，光绪癸巳年春日。此墨甚寻常，只因是刻《习苦斋画絮》的惠年所造，故记之。又有墨二枚，无文字，唯上方横行五字曰云龙旧衲制，据云亦是惠菱舫也。

又墨四锭，一面双鱼纹，中央篆书曰，大吉昌宜侯王，背作桥上望月图，题曰《湖桥乡思》。两侧隶书曰，故乡亲友劳相忆，丸作喻麋当尺鳞。仲仪所贻，苍佩室制。疑是谭复堂所作，案谭君曾宦游安徽，事或可能，但体制凡近，亦未敢定也。

墨缘堂墨有好几块，所以磨了来用，别的虽然较新，却舍不得磨，只是放着看看而已。从前有人说买不起古董，得货布及龟鹤齐寿钱，制作精好，可以当作小铜器看，我也曾这样做，又搜集过三五古砖，算是小石刻。这些墨原非佳品，总也可以当墨玩了，何况多是先哲乡贤的手泽，岂非很好的小古董乎。我前作《古董小记》，今更写此，作为补遗焉。

廿五年二月十五日，于北平苦茶庵中

（1936 年 2 月 24 日刊）

志摩[1]纪念

这个年头儿，别的什么都有，只是诚实却早已找不到，便是爪哇国里恐怕也不会有了罢，志摩却还保守着他天真烂漫的诚实，可以说是世所稀有的奇人了。

面前书桌上放着九册新旧的书，这都是志摩的创作，有诗，文，小说，戏剧，——有些是旧有的，有些给小孩们拿去看丢了，重新买来的，《猛虎集》是全新的，衬页上写了这几行字：“志摩飞往南京的前一天，在景山东大街遇见，他说还没有送你《猛虎集》，今天从志摩的追悼会出来，在景山书社买得此书。”

志摩死了，现在展对遗书，就只感到古人的人琴俱亡这一句话，别的没有什么可说。志摩死了，这样精妙的文章再也没有人能做了，但是，这几册书遗留在世间，志摩在文学上的功绩也仍长久存在。

[1] 徐志摩（1897—1931），诗人、散文家。浙江海宁人。

中国新诗已有十五六年的历史，可是大家都不大努力，更缺少锲而不舍地继续努力的人，在这中间志摩要算是唯一的忠实同志，他前后苦心地创办诗刊，助成新诗的生长，这个劳绩是很可纪念的，他自己又孜孜矻矻地从事于创作，自《志摩的诗》以至《猛虎集》，进步很是显然，便是像我这样外行也觉得这是显然。散文方面志摩的成就也并不小，据我个人的愚见，中国散文中现有几派，适之仲甫一派的文章清新明白，长于说理讲学，好像西瓜之有口皆甜，平伯废名一派涩如青果，志摩可以与冰心女士归在一派，仿佛是鸭儿梨的样子，流丽清脆，在白话的基本上加入古文方言欧化种种成分，使引车卖浆之徒的话进而为一种富有表现力的文章，这就是单从文体变迁上讲也是很大的一个贡献了。

志摩的诗、文以及小说戏剧在新文学上的位置与价值，将来自有公正的文学史家会来精查公布，我这里只是笼统地回顾一下，觉得他半生的成绩已经很够不朽，而在这壮年，尤其是在这艺术地“复活”的时期中途凋丧，更是中国文学的大损失了。

但是，我们对于志摩之死所更觉得可惜的是人的损失。文学的损失是公的，公摊了时个人所受到的只是一份，人的损失却是私的，就是分担也总是人数不会太多而分量也就较重了。照交情来讲，我与志摩不算顶深，过从不密切，所以留在记忆上想起来时可以引动悲酸的情感的材料也不很多，但即使如此我对于志摩的人的悼惜也并不少。的确如适之所说，志摩这人很可爱，他有他的主张，有他的派路，或者也许有他的小毛病，但是他的态度和说话总是和蔼真率，令人觉得可亲近，凡是见过志摩几面的人，差不多都受到这种感化，引起一种好感，就是有些小毛病小缺点也好像脸上某处的一颗小黑痣，也是造成好感的一小小部分，只令人微笑点头，并没有嫌憎之感。

有人戏称志摩为诗哲，或者笑他的戴印度帽，实在这些戏弄里都仍含有好意的成分，有如老同窗要举发从前吃戒尺的逸事，就是有派别的作家加以攻击，我相信这所以招致如此怨恨者也只是志摩的阶级之故，而决不是他的个人。适之又说志摩是诚实的理想主义者，这个我也同意，而且觉得志摩因此更是可尊了。这个年头儿，别的什么都有，只是诚实却早已找不到，便是爪哇国里恐怕也不会有了罢，志摩却还保守着他天真烂漫的诚实，可以说是世所稀有的奇人了。

我们平常看书看杂志报章，第一感到不舒服的是那伟大的说诳，上自国家大事，下至社会琐闻，不是恬然地颠倒黑白，便是无诚意地弄笔头，其实大家也各自知道是怎么一回事，自己未必相信，也未必望别人相信，只觉得非这样地说不可，知识阶级的人挑着一副担子，前面是一筐子马克思，后面一口袋尼采，也是数见不鲜的事，在这时候有一两个人能够诚实不欺地在言行上表现出来，无论这是那一种主张，总是很值得我们的尊重的了。

关于志摩的私德，适之有代为辩明的地方，我觉得这并不成什么问题。为爱惜私人名誉起见，辩明也可以说是朋友的义务，若是从艺术方面看去这似乎无关重要。诗人文人这些人，虽然与专做好吃的包子的厨子，雕好看的石像的匠人，略有不同，但总之小德逾闲与否于其艺术没有多少关系，这是我想可以明言的。

不过这也有例外，假如是文以载道派的艺术家，以教训指导我们大众自任，以先知哲人自任的，我们在同样谦恭地接受他的艺术以前，先要切实地检察他的生活，若是言行不符，那便是假先知，须得谨防上他的当。现今中国的先知有几个禁得起这种检察的呢，这我可不得而知了。这或者是我个人的偏见亦未可知，但截至现在我还没有找到觉得更对的意见，所以对于志摩的事也就只得仍是这样地看下去了。

志摩死后已是二十几天了，我早想写小文纪念他，可是这从那里去着笔呢？我相信写得出的文章大抵都是可有可无的，真的深切的感情只有声音、颜色、姿势，或者可以表出十分之一二，到了言语便有点儿可疑，何况又到了文字。文章的理想境我想应该是禅，是个不立文字，以心传心的境界，有如世尊拈花，迦叶微笑，或者一声“且道”，如棒敲头，夯地一下顿然明了，才是正理，此外都不是路。

我们回想自己最深密的经验，如恋爱和死生之至欢极悲，自己以外只有天知道，何曾能够于金石竹帛上留下一丝痕迹，即使呻吟作苦，勉强写下一联半节，也只是普通的哀辞和定情诗之流，那里道得出一分苦甘，只看汗牛充栋的集子里多是这样物事，可知除圣人天才之外谁都难逃此难。

我只能写可有可无的文章，而纪念亡友又不是可以用这种文章来敷衍的，而纪念刊的收稿期限又迫切了，不得已还只得写，结果还只能写出一篇可有可无的文章，这使我不得不重又叹息。这篇小文的次序和内容差不多是套适之在追悼会所发表的演辞的，不过我的话说得很是素朴粗笨，想起志摩平素是爱说老实话的，那么我这种老实的说法或者是志摩的最好纪念亦未可知，至于别的一无足取也就没有什么关系了。

民国二十年十二月十三日，于北平
（1931 年 12 月 13 日作）

上下身

我们生活的目的不是经验之果而是经验本身。正经的人们只把一件事当作正经生活，其余的如不是不得已的坏癖气也总是可有可无的附属物罢了。

戈丹的三个贤人，
坐在碗里去漂洋去。
他们的碗倘若牢些，
我的故事也要长些。
——英国儿歌

人的肉体明明是一整个（虽然拿一把刀也可以把他切开来），背后从头颈到尾闾一条脊椎，前面从胸口到“丹田”一张肚皮，中间并无可以卸拆之处，而吾乡（别处的市民听了不必多心）的贤人必强分割之为上下身——大约是以肚脐为界。上下本是方向，没有什么不对，但他们在这里又应用了大义名分的大道理，于是上下变而为尊卑，邪正，净不净之分了：上身是体面绅士，下身是“该办的”下流社会。这种说法既合于圣道，那么当然是不会错的了，只是实行起来却有点为难。不必说要想拦腰的“关老爷一大刀”分个上下，就未免断送老命，固然断乎不可，即使在该办的范围内稍加割削，最端正的道学家也决不答应的。平常沐浴时候（幸而在贤人们这不很多），要备两条手巾两只盆两桶水，分洗两个阶级，稍一疏忽不是连上便是犯下，紊了尊卑之序，深于德化有妨，又或坐在高凳上打盹，跌了一个倒栽葱，更是本末倒置，大非佳兆了。由我们愚人看来，这实在是无事自扰，一个身子站起睡倒或是翻个筋斗，总是一个身子，并不如猪肉可以有里脊五花肉等之分，定出贵贱不同的价值来。吾乡贤人之所为，虽曰合于圣道，其亦古代蛮风之遗留欤。

有些人把生活也分作片段，仅想选取其中的几节，将不中意的梢头弃去。这种办法可以称之曰抽刀断水，挥剑斩云。生活中大抵包含饮食，恋爱，生育，工作，老死这几样事情，但是联结在一起，不是可以随便选取一二的。有人希望长生不死，有人主张生存而禁欲，有人专为饮食而工作，有人又为工作而饮食，这都有点像想齐肚脐锯断，钉上一块底板，单把上半身保留起来。比较明白而过于正经的朋友则全盘承受而分别其等级，如走路是上等而睡觉是下等，吃饭是上等而饮酒喝茶是下等是也。我并不以为人可以终日睡觉或用酒代饭吃，然而我觉得睡觉或饮酒喝茶不是可以轻蔑的事，因为也是生活之一部分。百余年前日本有一个艺术家是精通茶道的，有一回去旅行，每到驿站必取出茶具，悠然的点起茶来自喝。有人规劝他说，行旅中何必如此，他答得好："行旅中难道不是生活么？"这样想的人才真能尊重并享乐他的生活。沛德（W.Pater）曾说，我们生活的目的不是经验之果而是经验本身。正经的人们只把一件事当作正经生活，其余的如不是不得已的坏癖气也总是可有可无的附属物罢了：程度虽不同，这与吾乡贤人之单尊重上身（其实是，不必细说，正是相反），乃正属同一种类也。

戈丹（Gotham）地方的故事恐怕说来很长，这只是其中的一两节而已。

十四年二月

（1925 年 2 月 2 日刊）

关于失恋

我想恋爱好像是大风，要当得她住只有学那橡树或是芦苇，此外没有法子。

王品青[1]君是阴历八月三十日在河南死去的，到现在差不多就要百日了，春蕾社诸君要替他出一个特刊，叫我也来写几句。我与品青虽是熟识，在孔德学校上课时常常看见，暇时又常同小峰来苦雨斋闲谈，夜深回去没有车雇，往往徒步走到北河沿，但是他没有对我谈过他的身世，所以关于这一面我不很知道，只听说他在北京有恋爱关系而已。他的死据我推想是由于他的肺病，在夏天又有过一回神经错乱，从病院的楼上投下来，有些人说过这是他的失恋的结果，或者是真的也未可知，至于是不是直接的死因我可不能断定了。品青是我们朋友中颇有文学的天分的人，这样很年青地死去，是很可惜也很可哀的，这与他的

[1] 王品青（？—1927），河南济源人，北京大学毕业，《语丝》撰稿人，曾任北京孔德学校教员，是与鲁迅、周作人来往较为密切的青年人。

失不失恋本无关系，但是我现在却就想离开了追悼问题而谈谈他的失恋。

品青平日大约因为看我是有须类的人，所以不免有点歧视，不大当面讲他自己的事情，但是写信的时候也有时略略提及。我在信堆里找出品青今年给我的信，一共只有八封，第一封是用“隋高子玉造象碑格”笺所写，文曰：

“这几日我悲哀极了，急于想寻个躲避悲哀的地方，曾记有一天在苦雨斋同桌而食的有一个朋友是京师第一监狱的管理员，先生可以托他设法开个特例把我当作犯人一样收进去度一度那清素的无情的生活么？不然，我就要被柔情缠死了呵！品青，一月二十六日夜十二时。”

我看了这封信有点摸不着头脑，不知所说的是凶是吉，当时就写了一点回复他，此刻也记不起是怎样说的了。不久品青就患盲肠炎，进医院去，接着又是肺病，到四月初才出来，寄住在东皇城根友人的家里。他给我的第二封信便是出医院后所写，日期是四月五日，共三张，第二张云：

“这几日我竟能起来走动了，真是我的意料所不及。然到底像小孩学步，不甚自然。得闲肯来寓一看，亦趣事也。

在床上，我的世界只有床帐以内，以及与床帐相对的一间窗户。头一次下地，才明白了我的床的位置，对于我的书箱书架，书架上的几本普通的破书，都仿佛很生疏，还得从新认识一下。第二回到院里晒太阳，明白了我的房的位置，依旧是西厢，这院落从前我没有到过，自然又得认识认识。就这种情形看来，如生命之主不再太给我过不去，则于桃花落时总该能去从新认识凤凰砖和满带雨气的苦雨斋小横幅了吧？那时在孔德教员室重新共吃瓦块鱼自然不成问题。”

这时候他很是乐观，虽然末尾有这样一节话，文曰：

“这封信刚写完，接到四月一日的《语丝》，读第十六节的‘闲话拾遗’，颇觉畅快。再谈。”

所谓“闲话拾遗”十六是我译的一首希腊小诗，是无名氏所作，戏题曰“恋爱偈”，译文如下：

不恋爱为难，恋爱亦复难。
一切中最难，是为能失恋。

四月二十日左右我去看他一回，觉得没有什么，精神兴致都还好，二十二日给我信说，托交民卫生试验所去验痰，云有结核菌，所以“又有点悲哀”，然而似乎不很厉害。信中说：

“肺病本是富贵人家的病，却害到我这又贫又不贵的人的身上。肺病又是才子的病，而我却又不像□□诸君常要把它写出来。真是病也倒楣，我也倒楣。

今天无意中把上头这一片话说给□□，她深深刺了我一下，说我的脾气我的行为简直是一个公子，何必取笑才子们呢？我接着说，公子如今落魄了，听说不久就要去作和尚去哩。再谈。”

四月三十日给我的第六封信还是很平静的，还讲到维持《语丝》的办法，可是五月初的三封信（五日两封，八日一封）忽然变了样，疑心友人们（并非女友）对他不好，大发脾气。五日信的起首批注道，“到底我是小孩子，别人对我只是表面，我全不曾理会。”八日信末云，“人格学问，由他们骂去吧，品青现在恭恭敬敬地等着承受。”这时候大约神经已有点错乱，以后不久就听说他发狂了，这封信也就成为我所见的绝笔。那时我在《世界日报》附刊上发表一篇小文，论曼殊与百助女史的关系，品青见了说我在骂他，百助就是指他，我怕他更要引起误会，所以一直没有去看他过。

品青的死的原因我说是肺病，至于发狂的原因呢，我不能知道。据他的信里看来，他的失恋似乎是有的罢。倘若他真为失恋而发了狂，那么我们只能对他表示同情，此外没有什么说法。有人要说这全是别人的不好，本来也无所不可，但我以为这一半是品青的性格的悲剧，实在是无可如何的。我很同意于某女士的批评，友人“某君”也常是这样说，品青是一个公子的性格，在戏曲小说上公子固然常是先落难而后成功，但是事实上却是总要失败的。公子的缺点可以用圣人的一句话包括起来，就是“既不能令，又不受命”。在旧式的婚姻制度里这原不成什么问题，然而现代中国所讲的恋爱虽还幼稚到底带有几分自由性的，于是便不免有点不妥：我想恋爱好像是大风，要当得她住只有学那橡树（并不如伊索所说就会折断）或是芦苇，此外没有法子。譬如有一对情人，一个是希望正式地成立家庭，一个却只想浪漫地维持他们的关系，如不在适当期间有一方面改变思想，迁就那一方面，我想这恋爱的前途便有障碍，难免不发生变化了。品青的优柔寡断使他在朋友中觉得和善可亲，但在恋爱上恐怕是失败之原，我们朋友中之□□大抵情形与品青相似，他却有决断，所以他的问题就安然解决了。本来得恋失恋都是极平常的事，在本人当然觉得这是可喜或是可悲，因失恋的悲剧而入于颓废或转成超脱也都是可以的，但这与旁人可以说是无关，与社会自然更是无涉，别无大惊小怪之必要，不过这种悲剧如发生在我们的朋友中间，而且终以发狂与死，我们自不禁要谈论叹息，提起他失恋的事来，却非为他声冤，也不是加以非难，只是对于死者表示同情与悼惜罢了。至于这事件的详细以及曲直我不想讨论，第一是我不很知道内情，第二因为恋爱是私人的事情，我们不必干涉，旧社会那种萨满教的风化的迷信我是极反对的；我所要说的只在关于品青的失恋略述我的感想，充作纪念他的一篇文字而已。——但是，照我上边的主张看来，或者我写这篇小文也是不应当的；是的，这个错我也应该承认。

民国十六年十二月二十七日，于北京

（1928 年 1 月 14 日刊）

谈养鸟

如要赏玩，在它自由飞鸣的时候可以尽量的看或听，何必关在笼里，擎着走呢？我以为这同喜欢缠足一样的是痛苦的赏鉴，是一种变态的残忍的心理。

李笠翁著《闲情偶寄》颐养部行乐第一，“随时即景就事行乐之法”下有看花听鸟一款云：

“花鸟二物，造物生之以媚人者也。既产娇花嫩蕊以代美人，又病其不能解语，复生群鸟以佐之，此段心机竟与购觅红妆，习成歌舞，饮之食之，教之诲之以媚人者，同一周旋之至也。而世人不知，目为蠢然一物，常有奇花过目而莫之睹，鸣禽悦[1]耳而莫之闻者，至其捐资所买之侍妾，色不及花之万一，声仅窃鸟之绪余，然而睹貌即惊，闻歌辄喜，为其貌似花而声似鸟也。噫，贵似贱真，与叶公之好龙何异。予则不然。每值花柳争妍之日，飞鸣斗巧

[1]“悦”原作“阅”。

之时，必致谢洪钧，归功造物，无饮不奠，有食必陈，若善士信姻之佞佛者，夜则后花而眠，朝则先鸟而起，唯恐一声一色之偶遗也。及至莺老花残，辄怏怏如有所失，是我之一生可谓不负花鸟，而花鸟得予亦所称一人知己死可无恨者乎。”又郑板桥著《十六通家书》中，《潍县署中与舍弟墨第二书》末有“书后又一纸”云：

“所云不得笼中养鸟，而予又未尝不爱鸟，但养之有道耳。欲养鸟莫如多种树，使绕屋数百株，扶疏茂密，为鸟国鸟家，将旦时睡梦初醒，尚展转在被，听一片啁啾，如云门咸池之奏，及披衣而起，颒面嗽口啜茗，见其扬翠振彩，倏往倏来，目不暇给，固非一笼一羽之乐而已。大率平生乐处欲以天地为圃，江汉为池，各适其天，斯为大快，比之盆鱼笼鸟，其巨细仁忍何如也。”李郑二君都是清代前半的明达人，很有独得的见解，此二文也写得好。笠翁多用对句八股调，文未免甜熟，却颇能畅达，又间出新意奇语，人不能及，板桥则更有才气，有时由透彻而近于夸张，但在这里二人所说关于养鸟的话总之都是不错的。近来看到一册笔记抄本，是乾隆时人秦书田所著的《曝背馀谈》，卷上也有一则云：

“盆花池鱼笼鸟，君子观之不乐，以囚锁之象寓目也。然三者不可概论。鸟之性情唯在林木，樊笼之与林木有天渊之隔，其为犴狴固无疑矣，至花之生也以土，鱼之养也以水，江湖之水水也，池中之水亦水也，园圃之上土也，盆中之上亦土也，不过如人生同此居第少有广狭之殊耳，似不为大拂其性。去笼鸟而存池鱼盆花，愿与体物之君子细商之。”三人中实在要算这篇说得顶好了，朴实而合于情理，可以说是儒家的一种好境界，我所佩服的《梵网戒疏》里贤首所说“鸟身自为主”乃是佛教的，其彻底不彻底处正各有他的特色，未可轻易加以高下。抄本在此条下却有朱批云：

“此条格物尚未切到，盆水豢鱼，不繁易捻，亦大拂其性。且玩物丧志，君子不必待商也。”下署名曰於文叔。查《馀谈》又有论种菊一则云：

“李笠翁论花，于莲菊微有轩轻，以艺菊必百倍人力而始肥大也。余谓凡花皆可借以人力，而菊之一种止宜任其天然，盖菊，花之隐逸者也，隐逸之侣正以萧疏清癯为真，若以肥大为美，则是李（左绩之右右力）之择将，非左思之招隐矣，岂非失菊之性也乎。东篱主人，殆难属其人哉，殆难属其人哉。”其下有於文叔的朱批云：

“李笠翁金圣叹何足称引，以昔人代之可也。”於君不赞成盆鱼不为无见，唯其他思想颇谬，一笔抹杀笠翁圣叹，完全露出正统派的面目，至于随手抓住一句玩物丧志的咒语便来胡乱吓唬人，尤为不成气候，他的态度与《馀谈》的作者正立于相反的地位，无怪其总是格格不入也，秦书田并不闻名，其意见却多很高明，论菊花不附和笠翁固佳，论鱼鸟我也都同意。十五年前我在西山养病时写过几篇《山中杂信》，第四信中有一节云：

“游客中偶然有提着鸟笼的，我看了最不喜欢。我平常有一种偏见，以为作不必要的恶事的人比为生活所迫不得已而作恶者更为可恶，所以我憎恶蓄妾的男子，比那卖女为妾——因贫穷而吃人肉的父母，要加几倍。对于提鸟笼的人的反感也是出于同一的渊源。如要吃肉，便吃罢了。（其实飞鸟的肉于养生上也并非必要。）如要赏玩，在它自由飞鸣的时候可以尽量的看或听，何必关在笼里，擎着走呢？我以为这同喜欢缠足一样的是痛苦的赏鉴，是一种变态的残忍的心理。”（十年七月十四日信。）那时候的确还年青一点，所以说的稍有火气，比起上边所引的诸公来实在惭愧差得太远，但是根本上的态度总还是相近的。我不反对“玩物”，只要不大违反情理。至于“丧志”的问题我现在不想谈，因为我干脆不懂得这两个字是怎么讲，须得先来确定他的界说才行，而我此刻却又没有工夫去查《十三经注疏》也。

廿五年十月十一日
（1936 年 11 月 25 日刊）

儿时的回忆

寻蛛穷屋瓦，采雀遍楼椽。
匿窗肩乍曲，遮路臂相连。
竞指云生岫，齐呼月上天。
忽升邻舍树，偷上后池船。

舒白香著《游山日记》卷二，嘉庆九年六月辛巳(二十四日)项下有一节云：

“予三五岁时最愚。夜中见星斗阑干，去人不远，辄欲以竹竿击落一星代灯烛。于是乘屋而叠几，手长竿，撞星不得，则反仆于屋，折二齿焉。幸犹未龀，不致终废啸歌也。又尝随先太恭人出城饮某淑人园亭，始得见郊外平远处天与地合，不觉大喜而哗，诫御者鞭马疾驰至天尽头处，试扪之当异常石，然后旋车饭某氏未迟。太恭人怒且笑曰，痴儿，携汝未周岁自江西来，行万里矣，犹不知天尽何处，乃欲扪天赴席耶。予今者仅居此峰，去人间不及万丈，顾已沾沾焉自炫其高，其愚亦正与孩时等耳。随笔自广，以博一笑。”这一段小文写得很有意思，而且也难得，因为中国看不起小孩，所以文学中写儿童生活的向来不大有。宋赵与时著《宾退录》卷六记路德延处朱友谦幕，作《孩儿诗》五十韵，有数联云：

寻蛛穷屋瓦，采雀遍楼椽。
匿窗肩乍曲，遮路臂相连。
竞指云生岫，齐呼月上天。
忽升邻舍树，偷上后池船。

描写小孩嬉游情形颇妙，赵君亦称之曰，书毕回思少小嬉戏之时恍如昨日，但仍要说路作此诗“以讥友谦”，至于原诗本不见讽刺之迹，不过末联云：明时方在德，戒尔减狂颠，亦总未免落套。白香记其孩时事，却又要说到现今之愚，其未能脱窠臼正相同也。

近来得见“扁舟子自记履历”一本，系吾乡范啸风先生自著年谱手稿，记道光十年庚寅至光绪二十年甲午凡六十五年间事。啸风名寅，同治癸酉科副榜，著《越谚》五卷行于世，其行事多奇特，我在重印《越谚》跋中略有说及。年谱所记事不必尽奇而文殊妙，多用方言俗字，惜后半太略，但其特别可取者亦在所叙儿时琐事，大抵在别家年谱中所很难找到也。道光年纪事中云：

十二年壬辰，三岁。春，出天花而麻。
祖父母父母尝谓予曰，尔出天花，患惊数昼夜，祖父请有名痘医孙旸谷先生留家不肯放归。刺鸡冠，割羊尾，搓桑蚕，皆祖父母亲手安排，迨毒食吃足而痘见点。迨灌浆，痒而要搔，母亲日夕不眠而管视予手，卒至于麻，亦天数也。

十三年癸巳，四岁。发野性，啼号匍匐遍宅第。

是春之暮，天气翻潮，地润。领予之工妇张姓者故逆吾意，吾啼，而张妇益逆之，遂赖地匍匐于堂中，西入式二婶廊下门，由庶曾祖母房历其灶间侧楼下而入叔祖母房中之卧榻下。父母祖父母皆惊霍失措，唯祖父疑予患痧腹痛，而给予出床下，以通关散入鼻喷嚏，啼乃止。手足衣面皆涂黑如炭，又皆笑之。

二十年庚子，十一岁。庭训。戏学著书。

是岁之夏全家多病痗[1]，唯余无恙。先君子初患类疟，既而成三阴疟，自夏徂秋，至冬来愈，遂荒读。余搜药纸作小本，与诸弟及堂弟仰泉沈氏表弟伯卿辈嬉戏濡笔，涂于药纸小本上曰，某年月日，父病，化三阴疟。某月日，兄病伤寒，十四日身凉，发顶结如饼，剃匠百有用搅刀割通而梳之，又蜕发，其辫如钻。

年谱中又常记所见异物，有一则系在儿时：

十四年甲子，五岁。入塾读书。见雷神。

是年学村童骂人，大姊恐之曰，雷将击尔，可骂人乎。奇龄弟亦同骂人。一日雷电交作，大姊扯余及弟同跪于堂

[1]“痗”原作“悔”。

阶上朝南，而霹雳至，大姊逃入廊下，奇龄弟亦惊啼而逃入。予跪而独见雷电之神果随霹雳由西厅栋而来，先一神瘦长，锐头毛脸，细脚，两翼联腋间，随声跳跃。余南面而跪，彼北面而来，至中厅檐间即转身向东南栋逃出而去。又一声霹雳，如前神而稍肥矮者跳跃来往均如之。予大呼姊来同视，而姊掩耳不闻。迨父母出来，起予。跪而告之，父母皆谓我荒诞云。

此外记所见尚有两次，一为道光三十年庚戌二十一岁时，云七月见两头蛇于灶，一为咸丰二年壬子二十三岁在安徽颍州[2]府署，云十二月夜见反案鬼于书斋花坞。据说蛇类中原有首尾相似者，两头蛇之谜不难解，唯反案鬼不知是何状，查《越谚》卷中鬼怪类虽有大头鬼独脚魈等十几种，却不见有反案鬼，我自己回想小时候所闻见的各式鬼怪也想不起这一种来，觉得很是可惜。难道这是颍州地方所特有的么？仔细的想又似乎未必然。

我最初还是在日本书中见到描画儿童生活的诗文。我喜欢俳谐寺一茶的文集《俺的春天》，曾经抄译过几节。维新以后有坂本文泉子的《如梦》一卷，用了子规派的写生文纪述儿时情景，共九章，明治四十二年（一九〇九）印成单行本，现在却早绝版了。二十多年前在三田小店买来的红布面小本至今常放在案头，读了总觉得喜欢，

［2］“颍州”原作“颖州”。

可是还不敢动笔译述。同一年出版的有森鸥外的小说 Vita Sexualis 可译称“性的生活”，初出即被禁止发卖，但是近年已解禁，各选集及全集里都已收入了。我在当时托了原杂志发行所的一位伙计设法找到一册，花了一块半钱，超过了原价六倍，我译了一部分登在《北新》半月刊上，后来看看举世谈风化名教要紧了，这工作就停止，其中记六岁至十岁时的几节事情，想要选抄一段在这里，也踌躇再四而罢。为什么呢？这一时说不清楚，我们也可以说，此只是儿童生活之一侧面，可暂缓议吧。不过，春之觉醒问题侵入文艺及教育实在是极当然的，就只是我们还没有理解和接受这个的雅量而已。

外国文学里写儿童生活的很多，挂一漏万，且不说吧。当代文人的作品不曾调查，亦未能详。上边只是看到想到，随便谈谈罢了。我只愿意听人家讲点小时候的故事，自然是愈讲得好愈好，至于我自己则儿时并无什么可回忆也。

补记

今日阅范君遗稿，在《墨妙亭诗稿》第一卷纪事类中见有七言古诗一首，题曰“两头蛇（并记）”。记文云：

“道光卅年庚戌，六月廿有一日午时，家人摊饭，爨妇浣衣，予独以事诣厨。闻灶上瑟缩声，视之，一小蛇，长约五寸，有彳亍跛躄状，谛视之乃两头蛇也。久而一头入石缝，一头留外视我，遂欲斩，恐螫，寻器，被爨妇诘知之，家人咸起视。予曰，避之，莫汝毒也，我将杀以埋。慈亲向敬神仁物，谓曰，尔独见，吾疑焉，问神而信则从，否则止。卜之而非。予急欲斩之，此蛇复从石缝出，忽变大蛇，长丈许，向西北去，真怪事也，诗以纪之。”诗不大佳，今未录，唯首句“两头蛇，蛇两头”下有注云：

“《续博物志》卷九载，两头蛇马鳖食牛血所化。《尔雅·释地》五方，中有枳首蛇焉。注，歧头蛇也，或曰，今江东呼两头蛇为越王约发，亦名弩弦。疏，此即两头蛇也。然则歧头两头皆并头之谓，此则尾亦为头。”此一节可以补年谱之阙，只可惜关于反案鬼还是找不到材料，诗稿中也有几首是在颍州时所作，却并没有说到该鬼的事。年谱说见两头蛇在七月，诗稿则云六月二十一日，想应当以诗稿为可信也。

廿四年十月十六日记
（1935 年 10 月 13 日刊）

女人的禁忌

那些圣人们设法摆脱拘束，充分的保留旧有的神圣，去掉了不便不利的禁忌，但是妇女则无此幸运，一直被禁忌着下来，而时移世变，神秘既视为不洁净，敬畏也遂转成嫌恶了。

小时候在家里常见墙壁上贴有红纸条，上面恭楷写着一行字云，“姜太公神位在此，百无禁忌”。还有历本，那时称为时宪书的，在书面上也总有题字云，“夜观无忌”，或者有人再加上一句“日看有喜”，那不过是去凑成一个对子，别无什么用意的。由此看来，可以知道中国的禁忌是多得很，虽然为什么夜间看不得历本，这个理由我至今还不明白。禁忌中间最重要的是关于死，人间最大的凶事，这意思极容易理解。对于死的畏怖避忌，大抵是人同此心，心同此理，种种风俗仪式虽尽多奇形怪状，根本并无多少不同，若要列举，固是更仆难尽，亦属无此必要。

我觉得比较有点特别的，是信奉神佛的老太婆们所奉行的暗房制度。凡是新近有人死亡的房间名为暗房，在满一个月的期间内，吃素念佛的老太太都是不肯进去的，进暗房有什么不好，我未曾领教，推想起来大抵是触了秽，不能走近神前去的缘故吧。期间定为一个月，唯理的说法是长短适中，但是宗教上的意义或者还是在于月之圆缺一周，除旧复新，也是自然的一个段落。

又其区域完全以房间计算，最重要的是那条门槛，往往有老太太往丧家吊唁，站在房门口，把头伸进去对人家说话，只要脚不跨进门槛里就行了。这是就普通人家而言，可以如此划分界限，若在公共地方，有如城隍庙，说不定会有乞丐倒毙于廊下，那时候是怎么算法，可是不曾知道。平常通称暗房，为得要说的清楚，这就该正名为白暗房，因为此外还有红暗房在也。

红暗房是什么呢？这就是新近有过生产的产房，以及新婚的新房。因为性质是属于喜事方面的，故称之曰红，但其为暗房则与白的全是一样，或者在老太婆们要看得更为严重亦未可知。这是仪式方面的事，在神话的亦即是神学的方面是怎么说，有如何的根据呢？老太婆没有什么学问，虽是在念经，念的都是些《高王经》《心经》之类，里边不曾讲到这种问题，可是所听的宝卷很多，宝卷即是传，所以这根据乃是出于传而非出于经的。最好的例是《刘香宝卷》，是那暗淡的中国女人佛教人生观的教本，卷上记刘香女的老师真空尼的说法，具说女人在礼教以及宗教下所受一切痛苦，有云：

“男女之别，竟差五百劫之分，男为七宝金身，女为五漏之体。嫁了丈夫，一世被他拘管，百般苦乐由他做主。既成夫妇，必有生育之苦，难免血水触犯三光之罪。”其韵语部分中有这样的几行，说的颇为具体，如云：

“生男育女秽天地，血裙秽洗犯河神。”又云：

“生产时，血秽污，河边洗净，
水煎茶，供佛神，罪孽非轻。
对日光，晒血裙，罪见天神。
三个月，血孩儿，秽触神明。”

老太婆们是没有学问的，她们所依据的贤传自然也就不大高明，所说的话未免浅薄，有点近于形而下的，未必真能说得出这些禁忌的本意。原来总是有形而上的意义的，简单的说一句，可以称为对于生殖机能之敬畏吧。我们借王右军《兰亭序》的话来感叹一下，死生亦大矣。不但是死的问题，关于生的一切现象，想起来都有点儿神秘，至于生殖，虽然现代的学问给予我们许多说明，自单细胞生物起头，由蚯蚓蛙鸡狗以至人类，性知识可以明白了，不过说到底即以为自然如此，亦就仍不免含有神秘的意味。古代的人，生于现代而知识同于古代人的，即所谓野蛮各民族，各地的老太婆们及其徒众，惊异自不必说，凡神秘的东西总是可尊而又可怕，上边说敬畏便是这个意思。

我们中国大概是宗教情绪比较的薄，所感觉的只是近理的对于神明的触犯，这有如《旧约·创世纪》中所记，耶和华上帝对女人夏娃说，我必多多加增你怀胎的苦楚，你生产儿女必受苦楚，因为她听了蛇的话偷吃苹果，违犯了上帝的命令。这里耶和华是人形化的神明，因了不高兴而行罚，是人情所能懂的，并无什么神秘的意思，如《利未记》所说便不相同了。第十二章记耶和华叫摩西晓谕以色列人云：

"若有妇人怀孕生男孩，她就不洁净七天，像在月经污秽的日子不洁净一样。妇人在产血不洁之中要家居三十三天，她洁净的日子未满，不可摸圣物，也不可进入圣所。她若生女孩，就不洁净两个七天，像污秽的时候一样，要在产血不洁之中家居六十六天。"又第十五章云：

"女人行经必污秽七天，凡摸她的必不洁净到晚上。女人在污秽之中，凡她所躺的物件都为不洁净，所坐的物件也都不洁净。凡摸她床的必不洁净到晚上，并要洗衣服，用水洗澡。凡摸她所坐甚么物件的必不洁净到晚上，并要洗衣服，用水洗澡。在女人的床上或在她坐的物上，若有别的物件，人一摸了，必不洁净到晚上。"这里可以注意的有两点，其一是污秽的传染性，其二是污秽的毒害之能动性。第一点大家都知道，无须解释，第二点却颇特别，如本章下文所云：

“你们要这样使以色列人与他们的污秽隔绝，免得他们玷污我的帐幕，就因自己的污秽死亡。”这里明说他们污秽的人并不因为玷污耶和华的帐幕而被罚，乃将因了自己的污秽而灭亡，这污秽自具有其破坏力，但因什么机缘而自然爆发起来。在现代人看来，这仿佛与电气最相像，大家知道电力是伟大的一件东西，却有极大危险性，须用种种方法和他隔绝才保得安全。生命力与电，这个比较来得恰好，此外要另找一个例子倒还不大容易。污秽自然有许多是由嫌恶而来的，但是关于生命力特别是关系女人的问题，都是属于敬畏的一面，所谓不净实是指一种威力，一不小心就会得被压倒，俗语云晦气是也，这总是物理的，后来物质的意义增加上去，据我看来毫不重要。福庆居士所著《燕郊集》中有一篇小义，题曰“性与不净”，记一故事云：

“就有人讲笑话。我家有一个亲戚，是一大官，他偶如厕，忽见有女先在，愕然是不必说，却因此传以为笑。笑笑也不要紧，他却别有所恨。恨到有点出奇，其实并不。这是一种晦气。苏州人所谓勿识头，要妨他将来福命的。”文章写得很干净，可以当作好例，其他古今中外的资料虽尚不乏，只可且暂割爱矣。

寒斋有一册西文书，是芬特莱医生所著，名曰“分娩闲话”，这闲话二字系用南方通行的意思，未必有闲，只是讲话而已。第二章题云“禁制”，内分行经，结婚，怀孕，分娩四项，绘图列说的讲得很有意义，想介绍一点出来，所以起手来写这篇文章，不料说到这里想要摘抄，又不知道怎么选择才好。

各民族的奇异风俗原是不少，大概也是大同小异，上边有希伯来人的几条可以为例，也不必再来赘述，反正就是对于生殖之神秘表示敬畏之意而已。倒是在茀来若博士的《金枝》节本中，第六十章说及隔离不洁净的妇女的用意，可供我们参考，节译其大意于下：使她不至于于人有害，如用电学的术语，其方法即是绝缘。这种办法其实也为她自己，同时也为别人的安全。因为假如她违背了规定的办法，她就得受害，例如苏噜女子在月经初来时给日光照着，她将干枯成为一副骷髅。总之那时女人似被看作具有一种强大的力，这力若不是限制在一定范围之内，她会得毁灭她自己以及一切和她接触的东西。为了一切有关的人物之安全，把这力拘束起来，这即是此类禁忌的目的。这个说法也可刚以解释对于神王与巫师的同类禁例。

女人的所谓不洁净与圣人的神圣，由原始民族想来，实质上并没有什么分别。这都不过是同一神秘的力之不同的表现，正如凡力一样，在本身非善非恶，但只看如何应用，乃成为有益或有害耳。这样看来，最初的意思是并无恶意的，虽然在受者不免感到困难，后来文化渐进，那些圣人们设法摆脱拘束，充分的保留旧有的神圣，去掉了不便不利的禁忌，但是妇女则无此幸运，一直被禁忌着下来，而时移世变，神秘既视为不洁净，敬畏也遂转成嫌恶了。这是世界女性共同的不幸，初不限于一地，中国只是其一分子而已。

中国的情形本来比较别的民族都要好一点，因为宗教势力比较薄弱，其对于女人的轻视大概从礼教出来，只以理论或经验为本，和出于宗教信念者自有不同。例如《礼纬》云，“夫为妻纲”，此是理论而以男性主权为本，若在现代社会非夫妇共同劳作不能维持家庭生活，则理论渐难以实行。又《论语》云，“唯女子小人为难养也，近之则不逊，远之则怨”，此以经验为本者也，如不逊与怨的情形不存在，此语自然作为无效，即或不然，此亦只是一种抱怨之词，被说为难养于女子小人亦实无什么大损害也。

宗教上的污秽观大抵受佛教影响为多，却不甚彻底，又落下成为民间迷信，如无妇女自己为之支持，本来势力自可渐衰，此则在于民间教育普及，知识提高，而一般青年男女之努力尤为重要。鄙人昔日曾为戏言，在清朝中国男子皆剃头成为半边和尚，女人裹两脚为粽子形，他们固亦有恋爱，但如以此形像演出《西厢》《牡丹亭》，则观者当忍俊不禁，其不转化为喜剧的几希。现在大家看美国式电影，走狐舞步，形式一新矣，或已适宜于恋爱剧上出现，若是请来到我们所说的阵地上求帮忙，恐预备未充足，尚未能胜任愉快耳。

民国甲申年末，于北京东郭书塾

（1945 年 2 月 1 日刊）

寻路的人

我们——只想缓缓的走着，看沿路景色，听人家谈论，尽量的享受这些应得的苦和乐。

我是寻路的人。我日日走着路寻路，终于还未知道这路的方向。

现在才知道了：在悲哀中挣扎着正是自然之路，这是与一切生物共同的路，不过我们意识着罢了。

路的终点是死，我们便挣扎着往那里去，也便是到那里以前不得不挣扎着。

我曾在西四牌楼看见一辆汽车载了一个强盗往天桥去处决，我心里想，这太残酷了，为什么不照例用敞车送的呢？为什么不使他缓缓的看沿路的景色，听人家的谈论，走过应走的路程，再到应到的地点，却一阵风的把他送走了呢？

这真是太残酷了。

我们谁不坐在敞车上走着呢？有的以为是往天国去，正在歌笑；有的以为是下地狱去，正在悲哭；有的醉了，睡。我们——只想缓缓的走着，看沿路景色，听人家谈论，尽量的享受这些应得的苦和乐；至于路线如何，或是由西四牌楼往南，或是由东单牌楼往北，那有什么关系？

玉诺是于悲哀深有阅历的，这一回他的村寨被土匪攻破，只有他的父亲在外边，此外人都还没有消息。他说，他现在没有泪了。——你也已经寻到了你的路了吧。

他的似乎微笑的脸，最令我记忆，这真是永远的旅人的颜色。我们应当是最大的乐天家，因为再没有什么悲观和失望了。

一九二三年七月三十日
（1923 年 8 月 1 日刊）

生活的艺术

生活不是很容易的事。动物那样的，自然地简易地生活，是其一法；把生活当作一种艺术，微妙地美地生活，又是一法。生活之艺术，其方法只在于微妙地混和取与舍二者而已。

自己的园地

有些人种花聊以消遣，有些人种花志在卖钱；真种花者以种花为其生活，——而花亦未尝不美，未尝于人无益。

一百五十年前，法国的福禄特尔做了一本小说《亢迭特》（*Candide*），叙述人世的苦难，嘲笑"全舌博士"的乐天哲学。亢迭特与他的老师全舌博士经了许多忧患，终于在土耳其的一角里住下，种园过活，才能得到安住。亢迭特对于全舌博士的始终不渝的乐天说，下结论道："这些都是很好，但我们还不如去耕种自己的园地。"这句格言现在已经是"脍炙人口"，意思也很明白，不必再等我下什么注脚。但是现在把他抄来，却有一点别的意义。所谓自己的园地，本来是范围很宽，并不限定于某一种：种果蔬也罢，种药材也罢，——种蔷薇地丁也罢，只要本了他个人的自觉，在人认的不论大小的地面上，用[1]了力量去耕种，便都是尽了他的天职了。在这平淡无奇的说话中间，

---

[1] "用"原作"应"。

我所想要特地申明的，只是在于种蔷薇地丁也是耕种我们自己的园地，与种果蔬药材，虽是种类不同而有同一的价值。

我们自己的园地是文艺，这是要在先声明的。我并非厌薄别种活动而不屑为，——我平常承认各种活动于生活都是必要，实在是小半由于没有这种的才能，大半由于缺少这样的趣味，所以不得不在这中间定一个去就。但我对于这个选择并不后悔，并不惭愧园地的小与出产的薄弱而且似乎无用。依了自己的心的倾向，去种蔷薇地丁，这是尊重个性的正当办法，即使如别人所说各人果真应报社会的恩，我也相信已经报答了，因为社会不但需要果蔬药材，却也一样迫切的需要蔷薇与地丁，——如有蔑视这些的社会，那便是白痴的，只有形体而没有精神生活的社会，我们没有去顾视他的必要。倘若用了什么名义，强迫人牺牲了个性去侍奉白痴的社会，——美其名曰迎合社会心理，——那简直与借了伦常之名强人忠君，借了国家之名强人战争一样的不合理了。

有人说道，据你所说，那么你所主张的文艺，一定是人生派的艺术了。泛称人生派的艺术，我当然是没有什么反对，但是普通所谓人生派是主张“为人生的艺术”的，对于这个我却略有一点意见。“为艺术的艺术”将艺术与人生分离，并且将人生附属于艺术，至于如王尔德的提倡人生之艺术化，固然不很妥当；“为人生的艺术”以艺术附属于人生，将艺术当作改造生活的工具而非终极，也何尝不把艺术与人生分离呢？我以为艺术当然是人生的，因为他本是我们感情生活的表现，叫他怎能与人生分离？“为人生”——于人生有实利，当然也是艺术本有的一种作用，但并非唯一的职务。总之艺术是独立的，却又原来是人性的，所以既不必使他隔离人生，又不必使他服侍人生，只任他成为浑然的人生的艺术便好了。“为艺术”派以个人为艺术的工匠，“为人生”派以艺术为人生的仆役，现在却以个人为主人，表现情思而成艺术，即为其生活之一部，初不为福利他人而作，而他人接触这艺术，得到一种共鸣与感兴，使其精神生活充实而丰富，又即以为实生活的基本；这是人生的艺术的要点，有独立的艺术美与无形的功利。我所说的蔷薇地丁的种作，便是如此。有些人种花聊以消遣，有些人种花志在卖钱；真种花者以种花为其生活，——而花亦未尝不美，未尝于人无益。

（1922年1月22日刊）

生活之艺术

生活不是很容易的事。动物那样的，自然地简易地生活，是其一法；把生活当作一种艺术，微妙地美地生活，又是一法。

契诃夫（Tshekhov）书简集中有一节道（那时他在爱珲附近旅行）：“我请一个中国人到酒店里喝烧酒，他在未饮之前举杯向着我和酒店主人及伙计们，说道‘请。’这是中国的礼节。他并不像我们那样的一饮而尽，却是一口一口的吸，每吸一口，吃一点东西；随后给我几个中国铜钱，表示感谢之意。这是一种怪有礼的民族。……”

一口一口的吸，这的确是中国仅存的饮酒的艺术：干杯者不能知酒味，泥醉者不能知微醺之味。中国人对于饮食还知道一点享用之术，但是一般的生活之艺术却早已失传了。中国生活的方式现在只是两个极端，非禁欲即是纵欲，非连酒字都不准说即是浸身在酒槽里，二者互相反动，各益增长，而其结果则是同样的污糟。动物的生活本有自然的调节，中国在千年以前文化发达，一时颇有臻于灵肉一致之象，后来为禁欲思想所战胜，变成现在这样的生活，无自由、无节制，一切在礼教的面具底下实行迫压与放恣，实在所谓礼者早已消灭无存了。

生活不是很容易的事。动物那样的，自然地简易地生活，是其一法；把生活当作一种艺术，微妙地美地生活，又是一法：二者之外别无道路，有之则是禽兽之下的乱调的生活了。生活之艺术只在禁欲与纵欲的调和。蔼理斯对于这个问题很有精到的意见，他排斥宗教的禁欲主义，但以为禁欲亦是人性的一面，欢乐与节制二者并存，且不相反而实相成。人有禁欲的倾向，即所以防欢乐的过量，并即以增欢乐的程度。他在《圣芳济与其他》一篇论文中曾说道，“有人以此二者（即禁欲与耽溺）之一为其生活之唯一目的者，其人将在尚未生活之前早已死了。有人先将其一（耽溺）推至极端，再转而之他，其人才真能了解人生是什么，日后将被记念为模范的高僧。但是始终尊重这二重理想者，那才是知。生活法的明智的大师……一切生活是一个建设与破坏，一个取进与付出，一个永远的构成作用与分解作用的循环，要正当地生活，我们须得模仿大自然的豪华与严肃。”他又说过，“生活之艺术，其方法只在于微妙地混和取与舍二者而已”，更是简明的说出这个意思来了。

生活之艺术这个名词，用中国固有的字来说便是所谓礼。斯谛耳博士在《仪礼》序上说，“礼节并不单是一套仪式，空虚无用，如后世所沿袭者。这是用以养成自制与整饬的动作之习惯，唯有能领解万物感受一切之心的人才有这样安详的容止。”从前听说辜鸿铭先生批评英文《礼记》译名的不妥当，以为“礼”不是Rite而是Art，当时觉得有点乖僻，其实却是对的，不过这是指本来的礼，后来的礼仪礼教都是堕落了的东西，不足当这个称呼了。中国的礼早已丧失，只有如上文所说，还略存于茶酒之间而已。去年有西人反对上海禁娼，以为妓院是中国文化所在的地方，这句话的确难免有点荒谬，但仔细想来也不无若干理由。我们不必拉扯唐代的官妓，希腊的“女友”（Hetaira）的韵事来作辩护，只想起某外人的警句，“中国挟妓如西洋的求婚，中国娶妻如西洋的宿娼”，或者不能不感到《爱之术》（*Ars Amatoria*）的真是只存在草野之间了。我们并不同某西人那样要保存妓院，只觉得在有些怪论里边，也常有真实存在罢了。

中国现在所切要的是一种新的自由与新的节制，去建造中国的新文明，也就是复兴千年前的旧文明，也就是与西方文化的基础之希腊文明相合一了。这些话或者说的太大太高了，但据我想舍此中国别无得救之道，宋以来的道学家的禁欲主义总是无用的了，因为这只足以助成纵欲而不能收调节之功。其实这生活的艺术在有礼节重中庸的中国本来不是什么新奇的事物，如《中庸》的起头说，“天命之谓性，率性之谓道，修道之谓教”，照我的解说即是很明白的这种主张。不过后代的人都只拿去讲章旨节旨，没有人实行罢了。我不是说半部《中庸》可以济世，但以表示中国可以了解这个思想。日本虽然也很受到宋学的影响，生活上却可以说是承受平安朝的系统，还有许多唐代的流风余韵，因此了解生活之艺术也更是容易。在许多风俗上日本的确保存这艺术的色彩，为我们中国人所不及，但由道学家看来，或者这正是他们的缺点也未可知罢。

十三年十一月

（1924 年 11 月 17 日刊）

自己所能做的

我的理想只是中庸，这似乎是平凡的东西，然而并不一定容易遇见。

自己所能做的是什么？这句话首先应当问，可是不大容易回答。饭是人人能吃的，但是像我这一顿只吃一碗的，恐怕这就很难承认自己是能吧。以此类推，许多事都尚待理会，一时未便画供。这里所说的自然只限于文事，平常有时还思量过，或者较为容易说，虽然这能也无非是主观的，只是想能而已。我自己想做的工作是写笔记。清初梁清远著《雕丘杂录》卷八有一则云：

“余尝言，士人至今日凡作诗作文俱不能出古人范围，即有所见，自谓创获，而不知已为古人所已言矣。惟随时记事，或考论前人言行得失，有益于世道人心者，笔之于册，如《辍耕录》《鹤林玉露》之类，庶不至虚其所学，然人又多以说家杂家目之。嗟乎，果有益于世道人心，即说家杂家何不可也。”

又卷十二云：

“余尝论文章无裨于世道人心即卷如牛腰何益，且今人文理粗通少知运笔者即好[1]成文集数卷，究之只堪覆瓿耳，孰过而问焉。若人自成一说家如杂抄随笔之类，或纪一时之异闻，或抒一己之独见，小而技艺之精，大而政治之要，罔不叙述，令观者发其聪明，广其闻见，岂不足传世翼教乎哉。”

不佞是杂家而非说家，对于梁君的意见很是赞同，却亦有差异的地方。我不喜掌故，故不叙政治，不信鬼怪，故不纪异闻，不作史论，故不评古人行为得失。余下来的一件事便是涉猎前人言论，加以辨别，披沙拣金，磨杵成针，虽劳而无功，于世道人心却当有益，亦是值得做的工作。中国民族的思想传统本来并不算坏，他没有宗教的狂信与权威，道儒法三家只是爱智者之分派，他们的意思我们也都很能了解。道家是消极的彻底，他们世故很深，觉得世事无可为，人生多忧患，便退下来愿以不才终天年；法家则积极的彻底，治天下不难，只消道之以政，齐之以刑，就可达到统一的目的；儒家是站在这中间的，陶渊明《饮酒》诗中云：

“汲汲鲁中叟，弥缝使其淳，凤鸟虽不至，礼乐暂得新。”这弥缝二字实在说得极好，别无褒贬的意味，却把孔氏之

[1]“好”原作“如”。

儒的精神全表白出来了。佛教是外来的，其宗教部分如轮回观念以及玄学部分我都不懂，但其小乘的戒律之精严，菩萨的誓愿之弘大，加到中国思想里来，很有一种补剂的功用。不过后来出了流弊，儒家成了士大夫，专想升官发财，逢君虐民，道家合于方士，去弄烧丹拜斗等勾当，再一转变而道士与和尚均以法事为业，儒生亦信奉《太上感应篇》矣。这样一来，几乎成了一篇糊涂账，后世的许多罪恶差不多都由此支持下来，除了抽鸦片这件事在外。这些杂糅的东西一小部分纪录在书本子上，大部分都保留在各人的脑袋瓜儿里以及社会百般事物上面，我们对他不能有什么有效的处置，至少也总当想法侦察他一番，分别加以批判。希腊古哲有言曰，要知道你自己。我们凡人虽于爱智之道无能为役，但既幸得生而为人，于此一事总不可不勉耳。

这是一件难事情，我怎么敢来动手呢。当初原是不敢，也就是那么逼成的，好像是“八道行成”里的大子，各处彷徨之后往往走到牛角里去。三十年前不佞好谈文学，仿佛是很懂得文学似的，此外关于有好许多事也都要乱谈，及今思之，腋下汗出。后乃悔悟，详加检讨，凡所不能自信的事不敢再谈，实行孔子不知为不知的教训，文学铺之类遂关门了，但是别的店呢？孔子又云，知之为知之。到底还有什么是知的呢？没有固然也并不妨，不过一样一样的减掉之后，就是这样的减完了，这在我们凡人大约是不很容易做到的，所以结果总如碟子里留着的末一个点心，让他多少要多留一会儿。我们不能干脆的画一个鸡蛋，满意而去，所以在关了铺门的路旁仍不免要去摆一小摊，算是还有点货色，还在做生意。

文学是专门学问，实是不知道，自己所觉得略略知道的只有普通知识，即是中学程度的国文，历史，生理和博物，此外还有数十年中从书本和经历得来的一点知识。这些实在凌乱得很，不新不旧，也新也旧，用一句土话来说，这种知识是叫作“三脚猫”的。三脚猫原是不成气候的东西，在我这里却又正有用处。猫都是四条腿的，有三脚的倒反而稀奇了，有如刘海氏的三脚蟾，便有描进画里去的资格了。全旧的只知道过去，将来的人当然是全新的，对于旧的过去或者全然不顾，或者听了一点就大悦，半新半旧的三脚猫却有他的便利，有点像革命运动时代的老新党，他比革命成功后的青年有时更要急进，对于旧势力旧思想很不宽假，因为他更知道这里边的辛苦。我因此觉得也不敢妄[2]自菲薄，自己相信关于这些事情不无一日之长，愿意尽我的力量，有所贡献于社会。

我不懂文学，但知道文章的好坏，不懂哲学玄学，但知道思想的健全与否。我谈文章，系根据自己写及读国文所得的经验，以文情并茂为贵。谈思想，系根据生物学文化人类学道德史性的心理等的知识，考察儒释道法各家的意思，参酌而定，以情理并合为上。我的理想只是中庸，

[2] 原作无“妄”。

这似乎是平凡的东西，然而并不一定容易遇见，所以总觉得可称扬的太少，一面固似抱残守缺，一面又像偏[3]喜诃佛骂祖，诚不得已也。不佞盖是少信的人，在现今信仰的时代有点不大抓得住时代，未免不很合适，但因此也正是必要的，语曰，良药苦口利于病，是也。

不佞从前谈文章谓有言志载道两派，而以言志为是。或疑诗言志，文以载道，二者本以诗文分，我所说有点缠夹，又或疑志与道并无若何殊异，今我又屡言文之有益于世道人心，似乎这里的纠纷更是明白了。这所疑的固然是事出有因，可是说清楚了当然是查无实据。

我当时用这两个名称的时候的确有一种主观，不曾说得明了，我的意思以为言志是代表《诗经》的，这所谓志即是诗人各自的情感，而载道是代表唐宋文的，这所谓道乃是八大家共通的教义，所以二者是绝不相同的。现在如觉得有点缠夹，不妨加以说明云：凡载自己之道者即是言志，言他人之志者亦是载道。我写文章无论外行人看去如何幽默不正经，都自有我的道在里边，不过这道并无祖师，没有正统，不会吃人，只是若大路然，可以走，而不走也由你的。我不懂得为艺术的艺术，原来是不轻看功利的，虽然我也喜欢明其道不计其功的话，不过讲到底这道还就是一条路，总要是可以走的才行。于世道人心有益，自然是

[3]“偏”原作“编”。

件好事，我那里有反对的道理，只恐怕世间的是非未必尽与我相同，如果所说发其聪明，广其闻见，原是不错，但若必以江希张为传世而叶德辉为翼教，则非不佞之所知矣。

一个人生下到世间来不知道是偶然的还是必然的，但是无论如何，在生下来以后那总是必然的了。凡是中国人不管先天后天上有何差别，反正在这民族的大范围内没法跳得出，固然不必怨艾，也并无可骄夸，还须得清醒切实的做下去。国家有许多事我们固然不会也实在是管不着，那么至少关于我们的思想文章的传统可以稍加注意，说不上研究，就是辨别批评一下也好，这不但是对于后人的义务也是自己所有的权利，盖我们生在此地此时实是一种难得的机会，自有其特殊的便宜，虽然自然也就有其损失，我们不可不善自利用，庶不至虚负此生，亦并对得起祖宗与子孙也。语曰，秀才人情纸一张。又曰，千里送鹅毛，物轻情意重。如有力量，立功固所愿，但现在所能止此，只好送一张纸，大家莫[4]嫌微薄，自己却也在警戒，所写不要变成一篇寿文之流才好耳。

廿六年四月廿四日，在北京书

（1937 年 6 月 1 日刊）

[4]“莫”原作“算”。

伟大的捕风

虚空尽由它虚空，知道它是虚空，而又偏去追迹，去察明，那么这是很有意义的，这实在可以当得起说是伟大的捕风。

我最喜欢读《旧约》里的《传道书》。传道者劈头就说，“虚空的虚空”，接着又说道，“已有的事后必再有，已行的事后必再行。日光之下并无新事。”这都是使我很喜欢读的地方。

中国人平常有两种口号，一种是说人心不古，一种是无论什么东西都说古已有之。我偶读拉瓦尔（Lawall）的《药学四千年史》，其中说及世界现存的埃及古文书，有一卷是基督前二千二百五十年的写本，（照中国算来大约是舜王爷登基的初年！）里边大发牢骚，说人心变坏，不及古时候的好云云，可见此乃是古今中外共通的意见，恐怕那天雨粟时夜哭的鬼的意思也是如此罢。不过这在我无从判断，所以只好不赞一词，而对于古已有之说则颇有同感，虽然如说潜艇即古之螺舟，轮船即隋炀帝之龙舟等类，也实在不敢恭维。我想，今有的事古必已有，说的未必对，若云已行的事后必再行，这似乎是无可疑的了。

世上的人都相信鬼，这就证明我所说的不错。普通鬼有两类。一是死鬼，即有人所谓幽灵也，人死之后所化，又可投生为人，轮回不息。二是活鬼，实在应称僵尸，从坟墓里再走到人间，《聊斋》里有好些他的故事。此二者以前都已知道，新近又有人发见一种，即梭罗古勃（Sologub）所说的“小鬼”，俗称当云遗传神君，比别的更是可怕了。易卜生在《群鬼》这本剧中，曾借了阿尔文夫人的口说道，“我觉得我们都是鬼。不但父母传下来的东西在我们身体里活着，并且各种陈旧的思想信仰这一类的东西也都存留在里头。虽然不是真正的活着，但是埋伏在内也是一样。我们永远不要想脱身。有时候我拿起张报纸来看，我眼里好像看见有许多鬼在两行字的夹缝中间爬着。世界上一定到处都有鬼。他们的数目就像沙粒一样的数不清楚。”（引用潘家洵先生译文）我们参照法国吕滂（Le Bon）的《民族发展之心理》，觉得这小鬼的存在是万无可疑，古人有什么守护天使，三尸神等话头，如照古已有之学说，这岂不就是一则很有趣味的笔记材料么？

无缘无故疑心同行的人是活鬼，或相信自己心里有小鬼，这不但是迷信之尤，简直是很有发疯的意思了。然而没有法子。只要稍能反省的朋友，对于世事略加省察，便会明白，现代中国上下的言行，都一行行地写在二十四史的鬼账簿上面。画符，念咒，这岂不是上古的巫师，蛮荒的“药师”的勾当？但是他的生命实在是天壤无穷，在无论哪一时代，还不是一样地在青年老年，公子女公子，诸色人等的口上指上乎？即如我胡乱写这篇东西，也何尝不是一种鬼画符之变相？只此一例足矣！

已有的事后必再有，已行的事后必再行，此人生之所以为虚空的虚空也欤？传道者之厌世盖无足怪。他说，“我又专心察明智慧狂妄和愚昧，乃知这也是捕风，因为多有智慧就多有愁烦，加增知识就加增忧伤。”话虽如此，对于虚空的唯一的办法其实还只有虚空之追迹，而对于狂妄与愚昧之察明乃是这虚无的世间第一有趣味的事，在这里我不得不和传道者的意见分歧了。勃阑特思（Brandes）批评弗罗倍尔（Flaubert）说他的性格是用两种分子合成，“对于愚蠢的火烈的憎恶，和对于艺术的无限的爱。这个憎爱，与凡有的憎恶一例，对于所憎恶者感到一种不可抗的牵引。各种形式的愚蠢，如愚行迷信自大不宽容都磁力似的吸引他，感发他。他不得不一件件的把他们描写出来。”我听说从前张献忠举行殿试，试得一位状元，十分宠爱，不到三天忽然又把他“收拾”了，说是因为实在“太心爱这小子”的缘故，就是平常人看见可爱的小孩或女人，也恨不得一口水吞下肚去，那么倒过来说，憎恶之极反而喜欢，原是可以，殆正如金圣叹说，留得三四癞疮，时呼热汤关门澡之，亦是不亦快哉之一也。

察明同类之狂妄和愚昧，与思索个人的老死病苦，一样是伟大的事业，积极的人可以当一种重大的工作，在消极的也不失为一种有趣的消遣。虚空尽由它虚空，知道它是虚空，而又偏去追迹，去察明，那么这是很有意义的，这实在可以当得起说是伟大的捕风。法儒巴思加耳（Pascal）在他的《感想录》上曾经说过：

“人只是一根芦苇，世上最脆弱的东西，但他是一根会思想的芦苇。这不必要世间武装起来，才能毁坏他。只须一阵风，一滴水，便足以弄死他了。但即使宇宙害了他，人总比他的加害者还要高贵，因为他知道他是将要死了，知道宇宙的优胜，宇宙却一点不知道这些。”

十八年五月十三日，于北平

（1929 年 5 月 13 日作）

入厕读书

这里须得有某种程度的阴暗，彻底的清洁，连蚊子的呻吟声也听得清楚地寂静，都是必须的条件。我很喜欢在这样的厕所里听萧萧地下着的雨声。

郝懿行著《晒书堂笔录》卷四有入厕读书一条云：

“旧日传有妇人笃奉佛经，虽入厕时亦讽诵不辍，后得善果而竟卒于厕，传以为戒，虽出释氏教人之言，未必可信，然亦足见污秽之区，非讽诵所宜也。《归田录》载钱思公言平生好读书，坐则读经史，卧则读小说，上厕则阅小词，谢希深亦言宋公垂每走厕必挟书以往，讽诵之声琅然闻于远近。余读而笑之，入厕脱裤，手又携卷，非惟太亵，亦苦甚忙，人即笃学，何至乃尔耶。至欧公谓希深言平生所作文章多在三上，乃马上枕上厕上也，盖惟此尤可以属思尔，此语却妙，妙在亲切不浮也。”郝君的文章写得很有意思，但是我稍有异议，因为我是颇赞成厕上看书的。小时候听祖父说，北京的跟班有一句口诀云，老爷吃饭快，小的拉矢快，跟班的话里含有一种讨便宜的意思，恐怕也是事实。一个人上厕的时间本来难以一定，但总未必很短，而且这与吃饭不同，无论时间怎么短总觉得这是白费的，想方法要来利用他一下。如吾乡老百姓上茅坑时多顺便喝一筒旱烟，或者有人在河沿石磴下淘米洗衣，或有人挑担走过，又可以高声谈话，说这米几个铜钱一升或是到什么地方去。读书，这无非是喝旱烟的意思罢了。

话虽如此，有些地方原来也只好喝旱烟，于读书是不大相宜的。上文所说浙江某处一带沿河的茅坑，是其一。从前在南京曾经寄寓在一个湖南朋友的书店里，这位朋友姓刘，我从赵伯先那边认识了他，那年有乡试，他在花牌楼附近开了一家书店，我患病住在学堂里很不舒服，他就叫我住到他那里去，替我煮药煮粥，招呼考相公卖书，暗地还要运动革命，他的精神实在是很可佩服的。我睡在柜台里面书架子的背后，吃药喝粥都在那里，可是便所却在门外，要走出店门，走过一两家门面，一块空地的墙根的垃圾堆上。到那地方去我甚以为苦，这一半固然由于生病走不动，就是在康健时也总未必愿意去的，是其二。民国八年夏我到日本日向去访友，住在一个名叫木城的山村里，那里的便所虽然同普通一样上边有屋顶，周围有板壁门窗，但是他同住房离开有十来丈远，孤立田间，晚间要提了灯笼去，下雨还得撑伞，而那里雨又似乎特别多，我住了五天总有四天是下雨，是其三。末了是北京的那种茅厕，只有一个坑两垛砖头，雨淋风吹日晒全不管。去年往定州访伏园，那里的茅厕是琉球式的，人在岸上，猪在坑中，猪咕咕的叫，不习惯的人难免要害怕，哪有工夫看什么书，是其四。《语林》云，“石崇厕有绛纱帐大床，茵蓐甚丽，两婢持锦香囊”，这又是太阔气了，也不适宜。其实我的意思是很简单的，只要有屋顶，有墙有窗有门，晚上可以点灯，没有电灯就点白蜡烛亦可，离住房不妨有二三十步，虽然也要用雨伞，好在北方不大下雨。如有这样的厕所，那么上厕时随意带本书去读读我想倒还是呒啥的吧。

谷崎润一郎著《摄阳随笔》中有一篇《阴翳礼赞》，第二节说到日本建筑的厕所的好处。在京都奈良的寺院里，厕所都是旧式的，阴暗而扫除清洁，设在闻得到绿叶的气味青苔的气味的草木丛中，与住房隔离，有板廊相通。蹲在这阴暗光线之中，受着微明的纸障的反射，耽于瞑想[1]，或望着窗外院中的景色，这种感觉真是说不出地好。他又说：

“我重复地说，这里须得有某种程度的阴暗，彻底的清洁，连蚊子的呻吟声也听得清楚地寂静，都是必须的条件。我很喜欢在这样的厕所里听萧萧地下着的雨声。特别在关东的厕所，靠着地板装有细长的扫出尘土的小窗，所以那从屋檐或树叶上滴下来的雨点，洗了石灯笼的脚，润

[1] 瞑想：闭上眼睛想。

了踮脚石上的苔，幽幽地沁到土里去的雨声，更能够近身地听到。实在这厕所是宜于虫声，宜于鸟声，亦复宜于月夜，要赏识四季随时的物情之最相适的地方，恐怕古来的俳人曾从此处得到过无数的题材吧。这样看来，那么说日本建筑之中最是造得风流的是厕所，也没有什么不可。”谷崎压根儿是个诗人，所以说得那么好，或者也就有点华饰，不过这也只是在文字上，意思却是不错的。日本在近古的战国时代前后，文化的保存与创造差不多全在五山的寺院里，这使得风气一变，如由工笔的院画转为水墨的枯木竹石，建筑自然也是如此，而茶室为之代表，厕之风流化正其余波也。

佛教徒似乎对于厕所向来很是讲究。偶读大小乘戒律，觉得印度先贤十分周密地注意于人生各方面，非常佩服，即以入厕一事而论，后汉译《大比丘三千威仪》下列举“至舍后者有二十五事”，宋译《萨婆多部毗尼摩得勒伽》六自“云何下风”至“云何筹草”凡十三条，唐义净著《南海寄归内法传》二有第十八“便利之事”一章，都有详细的规定，有的是很严肃而幽默，读了忍不住五体投地。我们又看《水浒传》鲁智深做过菜头之后还可以升为净头，可见中国寺里在古时候也还是注意此事的。但是，至少在现今这总是不然了，民国十年我在西山养过半年病，住在碧云寺的十方堂里，各处走到，不见略略像样的厕所，只如在《山中杂信》五所说：

“我的行踪近来已经推广到东边的水泉。这地方确是还好，我于每天清早没有游客的时候去徜徉一会，赏鉴那山水之美。只可惜不大干净，路上很多气味，——因为陈列着许多《本草》上的所谓人中黄。我想中国真是一个奇妙的国，在那里人们不容易得着营养料，也没有方法处置他们的排泄物。”在这种情形之下，中国寺院有普通厕所已经是大好了，想去找可以瞑想或读书的地方如何可得。出家人那么拆烂污，难怪白衣矣。

但是假如有干净的厕所，上厕时看点书却还是可以的，想作文则可不必。书也无须分好经史子集，随便看看都成。我有一个常例，便是不拿善本或难懂的书去，虽然看文法书也是寻常。据我的经验，看随笔一类最好，顶不行的是小说。至于朗诵，我们现在不读八大家文，自然可以无须了。

十月

（1935年11月16日刊）

哑吧礼赞

常人以能言为能，但亦有因装哑吧而得名者，并且上下古今这样的人并不很多，即此可知哑吧之难能可贵了。

俗语云，“哑吧吃黄连”，谓有苦说不出的。但又云，“黄连树下弹琴”，则苦中作乐，亦是常有的事。哑吧虽苦于说不出话，盖亦自有其乐，或者且在吾辈有嘴巴人之上，未可知也。

普通把哑吧当作残废之一，与一足或无目等视，这是很不公平的事。哑吧的嘴既没有残，也没有废，他只是不说话罢了。《说文》云：“瘖，不能言病也。”就是照许君所说，不能言是一种病，但这并不是一种要紧的病，于嘴的大体用处没有多大损伤。查嘴的用处大约是这几种，（一）吃饭，（二）接吻，（三）说话。哑吧的嘴原是好好的，既不是缺少舌尖，也并不是上下唇连成一片，那么他如要吃喝，无论番菜或是“华餐”，都可以尽量受用，决没有半点不便，所以哑吧于个人的荣卫上毫无障碍，这是可以断言的。至于接吻呢？既如上述可以自由饮啖的嘴，在这件工作当然也无问题，因为如荷兰威耳德（Van de Velde）医生在《圆满的结婚》第八章所说，接吻的种种大都以香味触三者为限，于声别无关系，可见哑吧不说话之绝不妨事了。

归根结蒂，哑吧的所谓病还只是在“不能言”这一点上。据我看来，这实在也不关紧要。人类能言本来是多此一举，试看两间林林总总，一切有情，莫不自遂其生，各尽其性，何曾说一句话。古人云，“猩猩能言，不离禽兽，鹦鹉能言，不离飞鸟。”可怜这些畜生，辛辛苦苦，学了几句人家的口头语，结果还是本来的鸟兽，多被圣人奚落一番，真是何苦来。

从前四只眼睛的仓颉先生无中生有地造文字，害得好心的鬼哭了一夜，我怕最初类猿人里那一匹直着喉咙学说话的时候，说不定还着实引起了原始天尊的长叹了呢。人生营营所为何事，“饮食男女，人之大欲存焉”，既于大欲无亏，别的事岂不是就可以随便了么？中国处世哲学里很重要的一条是，多一事不如少一事，如哑吧者，可以说是能够少一事的了。

语云，“病从口入，祸从口出”。说话不但于人无益，反而有害，即此可见。一说话，话中即含有臧否，即是危险，这个年头儿。人不能老说“我爱你”等甜美的话，——况且仔细检查，我爱你即含有我不爱他或不许他爱你等意思，也可以成为祸根。哲人见客寒暄，但云“今天天气……哈哈哈！”不再加说明，良有以也，盖天气虽无知，唯说其好坏终不甚妥，故以一笑了之。往读杨恽报孙会宗书，但记其“种一顷豆，落而为萁”等语，心窃好之，却不知杨公竟因此而腰斩，犹如湖南十五六岁的女学生们以读《落叶》（系郭沫若的，非徐志摩的《落叶》）而被枪决，同样地不可思议。

然而这个世界就是这样不可思议的世界，其奈之何哉。几千年来受过这种经验的先民留下遗训曰，“明哲保身”。几十年来看惯这种情形的茶馆贴上标语曰，“莫谈国事”。吾家金人三缄其口，二千五百年来为世楷模，声闻弗替。若哑吧者岂非今之金人欤？

常人以能言为能，但亦有因装哑吧而得名者，并且上下古今这样的人并不很多，即此可知哑吧之难能可贵了。第一个就是那鼎鼎大名的息夫人。她以倾国倾城的容貌，做了两任王后，她替楚王生了两个儿子，可是没有对楚王说一句话。喜欢和死了的古代美人吊膀子的中国文人于是大做特做其诗，有的说她好，有的说她坏，各自发挥他们的臭美，然而息夫人的名声也就因此大起来了。老实说，这实是妇女生活的一场悲剧，不但是一时一地一人的事情，差不多就可以说是妇女全体的运命的象征。

易卜生所作《玩物之家》一剧中女主人公娜拉说，她想不到自己竟替陌[1]不相识的男子生了两个子女，这正是息夫人的运命，其实也何尝不就是资本主义下的一切妇女的运命呢。还有一位不说话的，是汉末隐士姓焦名先的便是。吾乡金古良作《无双谱》，把这位隐士收在里面，还有一首赞题得好：

“孝然独处，绝口不语，默隐以终，笑杀狐鼠。”

并且据说“以此终身，至百余岁”，则是装了哑吧，既成高士之名，又享长寿之福，哑吧之可赞美盖彰彰然明矣。

世道衰微，人心不古，现今哑吧也居然装手势说起话来了。不过这在黑暗中还是不能用，不能说话。孔子曰，“邦无道，危行言逊。”哑吧其犹行古之道也欤。

十八年十一月十三日，北平
（1929 年 11 月 18 日刊）

---

［1］“陌”原作“膜”。

麻醉礼赞

信仰与梦，恋爱与死，也都是上好的麻醉。能够相信宗教或主义，能够作梦，乃是不可多得的幸福的性质，不是人人所能获得。

麻醉，这是人类所独有的文明。书上虽然说，斑鸠食桑椹则醉，或云，猫食薄荷则醉，但这都是偶然的事，好像是人错吃了笑菌，笑得个一塌胡涂，并不是成心去吃了好玩的。成心去找麻醉，是我们万物之灵的一种特色，假如没有这个，人之所以异于禽兽者几希了。

麻醉有种种的方法。在中国最普通的一种是抽大烟，西洋听说也有文人爱好这件东西，一位散文家的杰作便是烟盘旁边的回忆，另一诗人的一篇《忽不烈汗》的诗也是从芙蓉城的醉梦中得来的。中国人的抽大烟则是平民化的，并不为某一阶级所专享，大家一样地吱吱的抽吸，共享麻醉的洪福，是一件值得称扬的事。鸦片的趣味何在，我因为没有入过黑籍，不能知道，但总是麻酥酥[1]地很有趣罢。我曾见一位烟户，穷得可以，真不愧为鹑衣百结，但头戴一顶瓜皮帽，前面顶边烧成一个大窟窿，乃是沉醉时把头屈下去在灯上烧去的，于此即可想见其陶然之状态了。近代传闻孙馨帅有一队烟兵，在烟瘾抽足的时候冲锋最为得力，则已失了麻醉的意义，至少在我以为总是不足为训的了。

中国古已有之的国粹的麻醉法，大约可以说是饮酒。刘伶的“死便埋我”，可以算是最彻底了，陶渊明的诗也总是三句不离酒，如云“拨置且莫念，一觞聊可挥”，又云，“天运苟如此，且进杯中物”，又云“中觞纵遥情，忘彼千载忧，且极今朝乐，明日非所求”，都是很好的例。酒，我是颇喜欢的，不过曾经声明过，殊不甚了解陶然之趣，只是乱喝一番罢了。但是在别人确有麻醉的力量，它能引人著[2]胜地，就是所谓童话之国土。我有两个族叔，尤其是这样幸福的国土里的住民。有一回冬夜，他们沉[3]醉归来，走过一乘吾乡所很多的石桥，哥哥刚一抬脚，棉鞋掉了，兄弟给他在地上乱摸，说道，“哥哥棉鞋有了。”用脚一着踹，却又没有，哥哥道，“兄弟，棉鞋汪的一声又不见了！”原来这乃是一只黑小狗，被兄弟当作棉鞋捧了来了。我们听了或者要笑，但他们那时神圣的乐趣我辈外人那里能知道呢？的确，黑狗当棉鞋的世界于我们真是太远了，

[1]“酥”原作“苏”。

[2]“著”原作“着”。

[3]“沉”原作“沈”。

我们将棉鞋当棉鞋，自己说是清醒，其实却是极大的不幸，何为可惜十二文钱，不买一提黄汤，灌得倒醉以入此乐土乎。

信仰与梦，恋爱与死，也都是上好的麻醉。能够相信宗教或主义，能够作梦，乃是不可多得的幸福的性质，不是人人所能获得。恋爱要算是最好了，无论何人都有此可能，而且犹如采补求道，一举两得，尤为可喜。不过此事至难，第一须有对手，不比别的只要一灯一盏即可过瘾，所以即使不说是奢侈，至少也总是一种费事的麻醉罢。至于失恋以至反目，事属寻常，正如酒徒呕吐，烟客脾泄，不足为病，所当从头承认者也。末后说到死。死这东西，有些人以为还好，有些人以为很坏，但如当作麻醉品去看时，这似乎倒也不坏。依壁鸠鲁说过，死不足怕，因为死与我辈没有关系，我们在时尚未有死，死来时我们已没有了。快乐派是相信原子说的，这种唯物的说法可以消除死的恐怖，但由我们看来，死又何尝不是一种快乐，麻醉得使我们没有，这样乐趣恐非醇酒妇人所可比拟的罢？所难者是怎样才能如此麻醉，快乐？这个我想是另一问题，不是我们现在所要谈论的了。

醉生梦死，这大约是人生最上的生活法罢？然而也有人不愿意这样。普通外科手术总用全身或局部的麻醉，唯偶有英雄独破此例，如关云长刮骨疗毒，为世人所佩服，固其宜也。盖世间所有唯辱与苦，茹苦忍辱，斯乃得度。画廊派哲人（Stoics）之勇于自杀，自成宗派，若彼得洛纽思(Petroneus)听歌饮酒，切脉以死，虽稍贵族的，故自可喜。塔拉思·布尔巴（ Taras Bulba ）长子为敌所获，毒刑致死，临死曰，“父亲，你都看见么？”塔拉思匿观众中大呼曰，“儿子，我都看见！”此则哥萨克之勇士，北方之强也。此等人对于人生细细尝味，如啜苦酒，一点都不含胡，其坚苦卓绝盖不可及，但是我们凡人也就无从追踪了。话又说了回来，我们的生活恐怕还是醉生梦死最好罢。——所苦者我只会喝几口酒，而又不能麻醉，还是清醒地都看见听见，又无力高声大喊，此乃是凡人之悲哀，实为无可如何者耳。

十八年十一月三十日
（1929 年 12 月 5 日刊）

《男人与女人》

关于性学考察的结果，个体的差异常比种族的差异更为有力，因此是不很愿意来着重于人种与色的分别的，这一回大约很为麻将客所苦，不得已乃去耳朵上设法，这实在是大可同情的事。

《男人与女人》是一部游记的名称。德国有名的性学者希耳失菲耳特博士于一九三一年旅行东方，作学术讲演，回国后把考察所得记录下来，结果就是这部游记。我所有的是格林的英译本，一九三五年出版，那时著者已经逃往美洲做难民去了，因为在两年前柏林的研究所被一班如醉如痴的青年所毁，书籍资料焚烧净尽。民国二十二年五月十四日《京报》上载有“焚性书”的纪事，说德国的学生将所有图书尽搬到柏林大学，定于五月十日焚烧，并高歌欢呼，歌的起句是“日耳曼之妇女兮今已予以保护兮”。

青年一时的迷妄本是可以原恕的，如《路加福音》上所记的耶稣的话，因为他们所做的他们不晓得。所可惜的是学术上的损失，我因此想到，希博士这次旅行的收获自然也在内，如游记中所说日本友人所赠的枕绘本，爪哇土王所赠的雕像，当亦已被焚毁了吧。——且说这部游记共分为四部分，即远东，南洋，印度，近东，是也。第一分中所记是关于日本与中国的事情，其中自第十二至二十九各节都说的是中国，今抄述几段出来，我觉得都很有意义，不愧为他山之石，值得我们深切的注意。十七节记述在南京与当时的卫生部长刘博士的谈话，有一段云：

“部长问，对于登记妓女，尊意如何，你或当知道，我们向无什么统制的办法。我答说，没有多大用处。卖淫制度非政府的统制所可打倒，我从经验上知道，你也只能制止它的一小部分，而且登记并不就能够防止花柳病。从别方面说，你标示出一群人来，最不公平的侮辱她们，因为卖淫的女人大抵是不幸的境遇之牺牲者，也是使用她们的男子或是如中国人所常有的为了几块银圆卖了她们的父母之牺牲者也。部长又问，还有什么别的方法可以遏止卖淫呢？我答说，什么事都不成功，若不是有更广远的，更深入于社会学的与性学的方面之若干改革。”

二十五节说到多妻制度，有一个简单的统计云：

“据计算说，现在中国人中，有百分之约三十只有一个妻子，百分之约五十，包括许多苦力在内，有两个妻子，百分之十娶有三个以至六个女人，百分之五左右有六个以上，其中有的多至三十个妻子，或者更多。关于张宗昌将军，据说他有八十个妻妾，在他战败移居日本之前，他只留下一个，其余的都给钱遣散了。我在香港，有人指一个乞丐告诉我，他在正妻之外还养着两房正妾云。”

关于鸦片也时常说及，二十八节云：

“鸦片在中国每年的使用量，以人口摊派，每人有三十一公厘（案约合一钱弱）之多，每人每日用量自半公厘以至三十公厘。德国每年使用量以人口计为每人十分之一公厘，美国所用鸦片颇多，其位置在中国之次，使用量亦只是二公厘又十分之三公厘。”

第四分九十八节中叙述埃及人服用大麻烟的情形，说到第一次欧战后麻醉品服用的增加，有一节云：

“凡鸦片，吗啡，科加因等麻醉药品，供全世界人口作医疗之用，每年总数只需六千公斤即已充足，但是现今中国一处使用四千五百万公斤，印度一千万公斤，合众国四百万公斤，埃及小亚细亚以及欧洲共五百万公斤，云云。”

二十四节中说中国旅馆的吵闹，他的经验很有意思，里边又与赌博有关系，可以抄译在这里：

“中国旅馆在整夜里像是一个蜜蜂排衙的蜂房。差不多从各个房间里发出打麻将的人们的高声的谈话，咳嗽，狂笑。一百三十几张的骨牌碰在一起，哗喇哗喇的响，反复不已。索要茶水，怪声报告房间号数。书寓的姑娘以及他种妓女，叫来，遣走，另换别人，一个客人时常叫上十几回，随后才留下一个住宿。女人们唱歌，弹琵琶。房门猛关，砰訇作响。按铃呼唤，茶房奔走，就是廊下的那些仆役也那么兴高采烈，不懂中国情形的人见了，一定会得猜疑有什么旅馆革命将要勃发了吧。

我接二连三的派遣房间里的一个仆役出去，到邻近各房去求情，请略为安静一点，说有一位老绅士身体欠安，想要睡一会儿。那些中国人那时很客气的道歉，暂时不作声，随后低声说话，再过三分钟之后，谈笑得比以前更是响亮了。我拿棉花塞了耳朵，只好降服了，醒到天明，那时候这一切非人间的声响才暂时停止了。”

著者对于中国是很有同情的，但是遇见这种情形也似乎看不下去，不免有许多不快之感。他结论说中国人的耳神经一定是与西洋人构造不同。老绅士的这种幽默的话听了很是可悲，他在本书中屡次表明他的意见，关于性学考察的结果，个体的差异常比种族的差异更为有力，因此是不很愿意来着重于人种与色的分别的，这一回大约很为麻将客所苦，不得已乃去耳朵上设法，这实在是大可同情的事。不过我们希望这吵闹，以及嫖赌烟种种恶行，只是从习惯

上来，不是出于何种构造的不同，庶几我们还有将来可以救拔的希望耳。第十四节讲到中国与他国殊异之点，其一云:

“其次不同是，在中国之以人力代马力。一头牛马或者一架机器都要比一个人更为贵重，所以无论走到哪里都可以看见中国人在背着或拉着不可信的重荷。就是在上海那样一个巨大的商业中心，载重汽车还是少见的东西。我曾见一座极大的压马路的汽辗，由两打的中国男人和女人拉了走动着。

由此可见人在中国是多么不值钱。所以这是不足为奇的，不知道有多少千数的人在三十至四十岁之间都死于肺结核症。一直并没有什么医药的处理，有一天正在热闹地方劳作的中间，忽然吐起狂血来，于是他们的生命就完结了。”

著者决不是有心要毁谤中国，如上边说过他还是很同情于中国的，其原因一大半是由于同病相怜，因此见了这些不堪的情形，深有爱莫能助之感，发此愤慨，盖不足怪，这与幸灾乐祸的说法是大不相同的。还有一层，妇女问题复杂难解决，有些地方与社会问题有关连，在性学者看去这自然也很是关心的。但是这样一来，使我们读者更加惶悚，重大疑难的问题一个个来提出在面前，结果有点弄得无可如何，岂不是读书自找苦吃，真是何苦来呢。幸而此二十八节文章中并非全是说的丧气的话，有地方也颇有光明，如十四节中竭力非难外国的霸道，后边批评中国云：

“在中国的现代青年拿去与别国的相比，有许多方面都比较的少受传统的障碍。第一，他们没有宗教上的成见。在欧洲方面似乎不大知道，中国的至少四百兆的人民向来没有宗教，也一点的没有什么不好。他们坚守着从前孔夫子以及别的先哲所定下来的习惯法，但并不对了他们（案即孔夫子及别的一班人）祷告，只是专心于保存面子。他们看重在此地与此时的实在，并不在于幻想的时与地之外。”

著者原是外国人，对于中国只凭了十星期的观察，所下的判断自然未必能全正确，这里又是重译出来的，差误恐亦难免，但是总起来看，这所说的不能说是不对，也可以增加我们不少的勇气。诚然如著者所说，中国没有宗教上的种种成见，又没有像印度的那种阶级，的确有许多好处，自利于改革运动，可是具体的说，也还很不能乐观。别的不谈，只就上边所有几件事看去，便觉得如不肯说没法子，也总要说这怎么办，——但是，怎么办总已经比没法子进了一步了，我们姑且即以此为乐观之根据可乎。

民国三十三年九月十二日，在北京风雨中记

（1945 年 8 月 1 日刊）

贵族的与平民的

求生意志固然是生活的根据，但如没有求胜意志叫人努力的去求“全而善美”的生活，则适应的生存容易是退化的而非进化的了。

关于文艺上贵族的与平民的精神这个问题，已经有许多人讨论过，大都以为平民的最好，贵族的是全坏的。我自己以前也是这样想，现在却觉得有点怀疑。变动而相连续的文艺，是否可以这样截然的划分；或者拿来代表一时代的趋势，未尝不可，但是可以这样显然的判出优劣么？我想这不免有点不妥，因为我们离开了实际的社会问题，只就文艺上说，贵族的与平民的精神，都是人的表现，不能指定谁是谁非，正如规律的普遍的古典精神与自由的特殊的传奇精神，虽似相反而实并存，没有消灭的时候。

人家说近代文学是平民的，十九世纪以前的文学是贵族的，虽然也是事实，但未免有点皮相。在文艺不能维持生活的时代，固然只有那些贵族或中产阶级才能去弄文学，但是推上去到了古代，却见文艺的初期又是平民的了。我们看见史诗的歌咏神人英雄的事迹，容易误解以为“歌功颂德”，是贵族文学的滥觞，其实他正是平民的文学的真鼎呢。所以拿了社会阶级上的贵族与平民这两个称号，照着本义移用到文学上来，想划分两种阶级的作品，当然是不可能的事。即使如我先前在《平民的文学》一篇文里，用普遍与真挚两个条件，去做区分平民的与贵族的文学的标准，也觉得不很妥当。我觉得古代的贵族文学里并不缺乏真挚的作品，而真挚的作品便自有普遍的可能性，不论思想与形式的如何。我现在的意见，以为在文艺上可以假定有贵族的与平民的这两种精神，但只是对于人生的两样态度，是人类共通的，并不专属于某一阶级，虽然他的分布最初与经济状况有关，——这便是两个名称的来源。

平民的精神可以说是淑本好耳所说的求生意志，贵族的精神便是尼采所说的求胜意志了。前者是要求有限的平凡的存在，后者是要求无限的超越的发展；前者完全是入世的，后者却几乎有点出世的了。这些渺茫的话，我们倘引中国文学的例，略略比较，就可以得到具体的释解。中国汉晋六朝的诗歌，大家承认是贵族文学，元代的戏剧是平民文学。两者的差异，不仅在于一是用古文所写，一是用白话所写，也不在于一是士大夫所作，一是无名的人所作，乃是在于两者的人生观的不同。我们倘以历史的眼光看去，觉得这是国语文学发达的正轨，但是我们将这两者比较的读去，总觉得对于后者有一种漠然的不满足。这当然是因个人的气质而异，但我同我的朋友疑古君谈及，他也是这样感想。我们所不满足的，是这一代里平民文学的思想，大是现世的利禄的了，没有超越现代的精神；他们是认人生，只是太乐天了，就是对于现状太满意了。贵族阶级在社会上凭借了自己的特殊权利，世间一切可能的幸福都得享受，更没有什么歆羡与留恋，因此引起一种超越的追求，在诗歌上的隐逸神仙的思想即是这样精神的表现。至于平民，于人们应得的生活的悦乐还不能得到，他的理想自然是限于这可望而不可即的贵族生活，此外更没有别的希冀，所以在文学上表现出来的是那些功名妻妾的团圆思想了。我并不想因此来判分那两种精神的优劣，因为求生意志原是人性的，只是这一种意志不能包括人生的全体，却也是自明的事实。

我不相信某一时代的某一倾向可以做文艺上永久的模范，但我相信真正的文学发达的时代必须多少含有贵族的精神。求生意志固然是生活的根据，但如没有求胜意志叫人努力的去求“全而善美”的生活，则适应的生存容易是退化的而非进化的了。人们赞美文艺上的平民的精神，却竭力的反对旧剧，其实旧剧正是平民文学的极峰，只因他的缺点太显露了，所以遭大家的攻击。贵族的精神走进歧路，要变成威廉第二的态度，当然也应该注意。我想文艺当以平民的精神为基调，再加以贵族的洗礼，这才能够造成真正的人的文学。倘若把社会上一时的阶级争斗硬移到艺术上来，要实行劳农专政，他的结果一定与经济政治上的相反，是一种退化的现象，旧剧就是他的一个影子。从文艺上说来，最好的事是平民的贵族化，——凡人的超人化，因为凡人如不想化为超人，便要化为末人了。

（1922 年 2 月 19 日刊）

图书在版编目（CIP）数据

活着这回事　本来是如此单纯 / 周作人著. —北京：
现代出版社，2018.10
ISBN 978-7-5143-7024-9

Ⅰ. ①活…　Ⅱ. ①周…　Ⅲ. ①散文集—中国—当代②
随笔—作品集—中国—当代　Ⅳ. ① I267

中国版本图书馆 CIP 数据核字 (2018) 第 095980 号

活着这回事　本来是如此单纯

作　　者：周作人
责任编辑：王传丽　阎欣
封面设计：吉冈雄太郎
出版发行：现代出版社
通信地址：北京市安定门外安华里 504 号
邮政编码：100011
电　　话：010-64267325　64245264（传真）
网　　址：www.1980xd.com
电子邮箱：xiandai@vip.sina.com
印　　刷：三河市宏盛印务有限公司
开　　本：880mm × 1230mm　1/32
印　　张：8
字　　数：180 千字
版　　次：2018 年 10 月第 1 版　　印　　次：2019 年 7 月第 2 次印刷
书　　号：ISBN 978-7-5143-7024-9
定　　价：49.80 元